LE DÉMON
ET MADEMOISELLE PRYM

Paulo Coelho

LE DÉMON
ET MADEMOISELLE PRYM

Traduit du portugais (Brésil)
par Jacques Thiériot

Éditions Anne Carrière

Du même auteur
chez le même éditeur :

L'Alchimiste, traduction de Jean Orecchioni, 1994.

L'Alchimiste, traduction de Jean Orecchioni, édition illustrée par Mœbius, 1995.

Sur le bord de la rivière Piedra, je me suis assise et j'ai pleuré, traduction de Jean Orecchioni, 1995.

Le Pèlerin de Compostelle, traduction de Françoise Marchand-Sauvagnargues, 1996.

Le Pèlerin de Compostelle, traduction de Françoise Marchand-Sauvagnargues, édition illustrée de tableaux de Cristina Oiticica et de photos d'Yves Dejardin, 1996.

La Cinquième Montagne, traduction de Françoise Marchand-Sauvagnargues, 1998.

Manuel du guerrier de la lumière, traduction de Françoise Marchand-Sauvagnargues, 1998.

Veronika décide de mourir, traduction de Françoise Marchand-Sauvagnargues, 2000.

Paulo Coelho : http://www.paulocoelho.com.br

Titre original : *O Demônio e a Srta. Prym*
Cette édition est publiée avec l'accord de Sant Jordi Asociados,
Barcelone, Espagne

ISBN : 2-84337-143-0

Un notable demanda à Jésus :
« Bon maître, que dois-je faire
pour avoir en héritage la vie éternelle ? »
Jésus lui répondit :
« Pourquoi m'appelles-tu bon ?
Nul n'est bon que Dieu seul. »

Luc, 18, 18-19

Note de l'auteur

La première histoire à propos de la Division naît dans l'ancienne Perse : le dieu du temps, après avoir créé l'univers, prend conscience de l'harmonie qui l'entoure mais sent qu'il manque quelque chose d'important – une compagnie avec laquelle jouir de toute cette beauté.

Durant mille ans, il prie afin d'avoir un fils. L'histoire ne dit pas qui il implore, étant donné qu'il est tout-puissant, seigneur unique et suprême. Néanmoins il prie et finit par concevoir.

A l'instant même où il perçoit qu'il a obtenu ce qu'il souhaitait, le dieu du temps regrette d'avoir voulu un fils, conscient que l'équilibre des choses est très fragile. Mais il est trop tard. A force de supplications, il obtient cependant que le fils qu'il porte dans son ventre se scinde en deux.

La légende raconte que, de même que de la prière du dieu du temps naît le Bien (Ormuzd), de son repentir naît le Mal (Ahriman) – frères jumeaux.

Préoccupé, il fait en sorte qu'Ormuzd sorte le premier de son ventre, pour maîtriser son frère et éviter qu'Ahriman ne provoque des dégâts dans l'univers. Toutefois, comme le Mal est rusé et habile, il parvient à repousser Ormuzd au moment de l'accouchement et il voit le premier la lumière des étoiles.

Dépité, le dieu du temps décide de fournir des alliés à Ormuzd : il fait naître la race humaine qui luttera avec lui pour dominer Ahriman et empêcher que celui-ci ne s'empare de tout.

Dans la légende persane, la race humaine naît comme l'alliée du Bien et, selon la tradition, elle finira par vaincre. Une autre histoire de la Division, cependant, surgit des siècles et des siècles plus tard, cette fois avec une version opposée : l'homme comme instrument du Mal.

Je pense que la majorité de mes lecteurs sait de quoi je parle : un homme et une femme vivent dans le jardin du paradis, savourant toutes les délices qu'on puisse imaginer. Une seule chose leur est interdite – le couple ne peut pas connaître ce que signifient Bien et Mal. Le Seigneur tout-puissant dit (Genèse, 2,17) : « De l'arbre de la connaissance du bien et du mal tu ne mangeras pas. »

Et un beau jour surgit le serpent qui leur garantit que cette connaissance est plus importante que le paradis et qu'ils doivent l'acquérir. La femme refuse, en disant que Dieu l'a menacée de mort, mais le serpent l'assure que rien de tel ne lui arrivera, bien au contraire : le jour où leurs yeux s'ouvriront, ils seront comme des dieux qui connaissent le bien et le mal.

Convaincue, Eve mange le fruit défendu et en donne un morceau à Adam. A partir de ce moment, l'équilibre originel du paradis est rompu et le couple est chassé et maudit. Mais Dieu alors prononce une phrase énigmatique : « Voilà que l'homme est devenu comme l'un de nous, pour connaître le bien et le mal ! »

Dans ce cas également (comme dans celui du dieu du temps qui prie pour demander quelque chose alors qu'il est le seigneur absolu), la Bible n'explique pas à qui Dieu s'adresse, ni – s'il est unique – pourquoi il dit « l'un de nous ».

Quoi qu'il en soit, depuis ses origines la race humaine est condamnée à se mouvoir dans l'éternelle Division entre les deux opposés. Et nous nous retrouvons ici et maintenant avec les mêmes doutes que nos ancêtres. Ce livre a pour objectif d'aborder ce thème en utilisant, à certains moments de son intrigue, des légendes qui l'illustrent.

Avec *Le Démon et mademoiselle Prym*, je conclus la trilogie « Et le septième jour... », dont font partie *Sur le bord de la rivière Piedra, je me suis assise et j'ai pleuré* (1995) et *Veronika décide de mourir* (2000). Ces trois livres évoquent ce qui arrive en une semaine à des personnes ordinaires, soudain confrontées à l'amour, à la mort et au pouvoir. J'ai toujours cru que les profonds changements, tant chez l'être humain que dans la société, s'opèrent dans des laps de temps très courts. C'est au moment où nous nous y attendons le moins que la vie nous propose un défi destiné à tester notre courage et notre volonté de changement ; alors, il est inutile de feindre que rien n'arrive ou de se défiler en disant que nous ne sommes pas encore prêts.

Le défi n'attend pas. La vie ne regarde pas en arrière. Une semaine, c'est une fraction de temps plus que suffisante pour savoir si nous acceptons ou non notre destin.

Buenos Aires, août 2000

1

Il y avait presque quinze ans que la vieille Berta s'asseyait tous les jours devant sa porte. Les habitants de Bescos connaissaient ce comportement habituel des personnes âgées : elles rêvent au passé, à la jeunesse, contemplent un monde qui ne leur appartient plus, cherchent un sujet de conversation avec les voisins.

Mais Berta avait une bonne raison d'être là. Et elle comprit que son attente avait pris fin ce matin-là, lorsqu'elle vit l'étranger gravir la pente raide, se diriger lentement vers le seul hôtel du village. Vêtements défraîchis, cheveux plus longs que la moyenne, une barbe de trois jours : il ne présentait pas comme elle l'avait souvent imaginé.

Pourtant, il venait avec son ombre : le démon l'accompagnait.

« Mon mari avait raison, se dit-elle. Si je n'étais pas là, personne ne s'en serait aperçu. »

Donner un âge, ce n'était pas son fort. Entre quarante et cinquante ans, selon son estimation. « Un jeune », pensa-t-elle, avec cette manière d'évaluer propre aux vieux. Elle se demanda combien de temps il resterait au village : pas très longtemps, sans doute, il ne portait qu'un petit sac à dos. Probablement une seule nuit, avant de poursuivre son chemin vers un destin qu'elle ignorait et qui ne l'intéressait guère. Tout de même, toutes ces années, assise sur le seuil de sa maison, n'avaient pas été perdues, car elle avait appris à contempler la beauté des montagnes – à laquelle elle n'avait pas prêté attention pendant longtemps : elle y était née et ce paysage lui était familier.

Il entra dans l'hôtel comme prévu. Berta se dit que peut-être elle devait aller parler au curé de cette visite indésirable ; mais il ne l'écouterait pas, il dirait : « Vous les personnes âgées, vous vous faites des idées. »

« Bon, maintenant, allons voir ce qui se passe. Un démon n'a pas besoin de beaucoup de temps pour faire des ravages – tels que tempêtes, tornades et avalanches, qui détruisent en quelques heures des arbres plantés il y a deux cents ans. »

Soudain, elle se rendit compte que le seul fait de savoir que le mal venait d'arriver à Bescos ne changeait en rien le cours de la vie. Des démons surviennent et repartent à tout moment, sans que les choses soient nécessairement perturbées par leur présence. Ils rôdent en permanence à travers le monde, parfois simplement pour savoir ce qui se passe, d'autres fois pour tâter telle ou telle âme, mais ils sont inconstants et changent de cible sans aucune logique, guidés généralement par le seul plaisir d'un combat qui en vaille la peine. Berta trouvait que Bescos ne présentait rien d'intéressant ou de particulier pour attirer plus d'une journée l'attention de qui que ce soit – encore moins celle d'un être aussi important et occupé qu'un messager des ténèbres.

Elle essaya de penser à autre chose, mais l'image de l'étranger ne lui sortait pas de la tête. Le ciel, si bleu tout à l'heure, se chargeait de nuages.

« C'est normal, c'est toujours comme ça à cette époque de l'année, pensa-t-elle. Aucun rapport avec l'arrivée de l'étranger, juste une coïncidence. »

C'est alors qu'elle entendit le roulement lointain d'un coup de tonnerre, suivi de trois autres. C'était signe de pluie, bien sûr, mais peut-être que ce fracas, si elle se fiait aux anciennes traditions du village, transposait la voix d'un Dieu courroucé se plaignant des hommes devenus indifférents à Sa présence.

« Peut-être que je dois faire quelque chose. Finalement, ce que j'attendais vient d'arriver. »

Pendant quelques minutes elle se concentra sur tout ce qui se passait autour d'elle. Les nuages continuaient de s'amonceler au-dessus du village, mais on n'entendait plus aucun bruit. Elle ne croyait pas aux traditions et superstitions, surtout pas celles de Bescos, qui s'enracinaient dans l'antique civilisation celte qui avait jadis régné ici.

« Un coup de tonnerre n'est qu'un phénomène naturel. Si Dieu avait voulu parler aux hommes, Il ne l'aurait pas fait par des voies aussi indirectes. »

A peine cette pensée eut-elle effleuré son esprit que le craquement d'un éclair retentit, cette fois-ci tout près. Berta se leva, prit sa chaise et rentra chez elle avant que la pluie ne tombe. Mais, tout à coup, son cœur était oppressé par une peur qu'elle n'arrivait pas à comprendre.

Que faire ?

« Que l'étranger parte tout de suite », souhaita-t-elle. Elle était trop vieille pour pouvoir s'aider elle-même, pour aider son village, ou encore – surtout – le Seigneur tout-puissant, qui aurait choisi quelqu'un de plus jeune s'Il avait eu besoin d'un soutien. Tout cela n'était qu'un délire. Faute d'occupation, son mari essayait d'inventer des choses pour l'aider à passer le temps.

Mais d'avoir vu le démon, ah ! de cela elle n'avait pas le moindre doute. En chair et en os, habillé comme un pèlerin.

2

L'hôtel était à la fois un magasin de produits régionaux, un restaurant qui proposait une cuisine typique et un bar où les habitants de Bescos se réunissaient pour ressasser les mêmes choses – comme le temps qu'il fait ou le manque d'intérêt des jeunes pour le village. « Neuf mois d'hiver et trois mois d'enfer », disaient-ils, forcés qu'ils étaient de faire en quatre-vingt-dix jours seulement tout le travail des champs : labourer, semer, attendre, récolter, engranger le foin, engraisser, tondre la laine. Tous ceux qui vivaient là connaissaient leur acharnement à vivre dans un monde révolu. Cependant, il n'était pas facile d'accepter l'évidence : ils faisaient partie de la dernière génération d'agriculteurs et de pasteurs qui peuplaient ces montagnes depuis des siècles. Bientôt, les machines arriveraient, le bétail serait élevé ailleurs, avec des aliments spéciaux, le village serait peut-être vendu à une grande entreprise ayant son siège à l'étranger, qui le transformerait en station de ski. Cela s'était déjà passé dans d'autres bourgs de la région, mais Bescos résistait – parce qu'il avait une dette envers son passé, compte tenu de la forte tradition des ancêtres qui y avaient habité et qui leur avaient appris combien il est important de se battre jusqu'au bout.

L'étranger, après avoir lu attentivement la fiche d'hôtel, décida comment la remplir. A son accent, ils sauraient qu'il venait d'un vague pays d'Amérique du Sud. Il choisit l'Argentine car il aimait beaucoup son équipe de football. Il devait mettre son adresse, il écrivit rue de Colombie, en déduisant que les Sud-Américains avaient coutume de se rendre mutuellement hommage en donnant à des lieux importants les noms de pays voisins.

Nom : il choisit celui d'un célèbre terroriste du siècle dernier...

En moins de deux heures, la totalité des deux cent quatre-vingt-un habitants de Bescos était déjà au courant qu'un étranger appelé Carlos, né en Argentine, domicilié dans la paisible rue de Colombie à Buenos Aires, venait d'arriver au village. C'est l'avantage des très petites bourgades : aucun effort n'est nécessaire pour très vite tout savoir de la vie de chacun.

Ce qui était, d'ailleurs, l'intention du nouveau venu.

Il monta dans sa chambre et vida le sac à dos : quelques vêtements, un rasoir électrique, une paire de chaussures de rechange, des vitamines pour éviter les refroidissements, un gros cahier pour ses notes et onze lingots d'or pesant deux kilos chacun. Epuisé par la tension, la montée et le poids qu'il avait coltiné, il s'endormit presque aussitôt. Mais après avoir pris soin de barricader sa porte avec une chaise, même s'il savait qu'il pouvait faire confiance à chacun des deux cent quatre-vingt-un habitants de Bescos.

Le lendemain, il prit son petit déjeuner, laissa des vêtements à la réception du petit hôtel pour les faire nettoyer, remit les lingots d'or dans le sac à dos et se dirigea vers la montagne située à l'est du village. En chemin, il ne vit qu'un seul de ses habitants, une vieille dame, assise devant sa maison, qui l'observait d'un œil curieux.

Il s'enfonça dans la forêt, attendit que son oreille s'habitue au bruissement des insectes, des oiseaux et du vent qui fouettait les branches défeuillées. Il savait que, dans un endroit pareil, il pouvait être observé à son insu. Pendant près d'une heure il ne bougea pas.

Une fois assuré qu'un éventuel observateur, gagné par la fatigue, serait parti sans aucune nouvelle à raconter, il creusa un trou près d'un rocher en forme de Y, où il cacha un lingot. Il monta un peu plus haut, s'attarda une heure comme s'il contemplait la nature, plongé dans une profonde méditation ; il aperçut un autre rocher – celui-ci ressemblait à un aigle – et creusa un second trou où il enfouit les dix autres lingots d'or.

La première personne qu'il aperçut sur le chemin du retour était une jeune femme assise sur la rive d'une des nombreuses rivières intermittentes de la région, formées lors de la fonte des neiges. Elle leva les yeux de son livre, remarqua sa présence, reprit sa lecture. Sa mère certainement lui avait appris à ne jamais adresser la parole à un étranger.

Les étrangers, toutefois, lorsqu'ils arrivent dans une nouvelle ville, ont le droit de tenter de se lier d'amitié avec des inconnus, et il s'approcha donc.

– Bien le bonjour, dit-il. Il fait plutôt chaud pour cette période de l'année.

Elle acquiesça d'un signe de tête.

L'étranger insista.

– J'aimerais que vous veniez découvrir quelque chose.

Bien élevée, elle posa son livre, lui tendit la main et se présenta :

– Je m'appelle Chantal. Le soir, je travaille au bar de l'hôtel où vous êtes logé. J'ai trouvé étrange que vous ne soyez pas descendu dîner, l'hôtel vit non seulement de la location des chambres mais de tout ce que consomment les clients. Vous êtes Carlos, argentin, vous habitez rue de Colombie, tout le monde au village est déjà au courant, parce qu'un homme qui débarque ici en dehors de la saison de la chasse est toujours un objet de curiosité.

« Un homme d'environ cinquante ans : cheveux gris, regard de quelqu'un qui a beaucoup vécu. »

– Quant à votre invitation, je vous remercie, mais j'ai déjà regardé le paysage de Bescos sous tous les angles possibles et imaginables. Peut-être vaut-il mieux que je vous montre moi-même des endroits que vous n'avez jamais vus, mais je suppose que vous devez être très occupé.

– J'ai cinquante-deux ans, je ne m'appelle pas Carlos, tous les renseignements que j'ai fournis sont faux.

Chantal ne sut que répondre. L'étranger enchaîna :

– Ce n'est pas Bescos que je veux vous montrer. C'est quelque chose que vous n'avez jamais vu.

Elle avait déjà lu beaucoup d'histoires de jeunes filles qui décident de suivre un homme au cœur d'une forêt et qui disparaissent sans laisser de traces. La peur la saisit un instant. Mais une peur vite éclipsée par une sensation d'aventure. Finalement, cet homme n'oserait rien lui faire, car elle venait de lui dire que tous au village étaient au courant de son existence, même si les renseignements qu'il avait donnés ne correspondaient pas à la réalité. D'ailleurs, les catastrophes n'arrivent que la nuit – tout au moins dans les romans.

– Qui êtes-vous ? Si ce que vous me dites maintenant est vrai, sachez que je peux vous dénoncer à la police pour fausse déclaration d'identité !

– Je répondrai à toutes vos questions, mais d'abord venez avec moi. Je veux vous montrer quelque chose. C'est à cinq minutes d'ici.

Chantal ramassa son livre, respira à fond et pria silencieusement, tandis que dans son cœur se mêlaient excitation et peur. Puis elle se leva et suivit l'étranger. Elle était sûre que ce serait encore un moment de frustration dans sa vie. Cela commençait toujours par une rencontre pleine de promesses pour finir une fois de plus par l'écho d'un rêve d'amour impossible.

L'homme grimpa jusqu'à la pierre en forme de Y, montra la terre fraîchement remuée et lui demanda de chercher ce qui était enterré là.

– Je vais me salir les mains, dit Chantal. Je vais salir mes vêtements.

L'homme prit une branche, la cassa et la lui tendit pour qu'elle fouille le sol avec. Elle fut si surprise par ce geste qu'elle décida de faire ce qu'il lui demandait.

Quelques minutes plus tard apparut devant elle le lingot jaune, souillé de terre.

– On dirait de l'or.

– C'est de l'or. C'est à moi. S'il vous plaît, recouvrez-le.

Elle obéit. L'homme la conduisit jusqu'à l'autre cachette. De nouveau elle se mit à creuser. Cette fois, elle fut surprise par la quantité d'or étalé devant ses yeux.

– C'est aussi de l'or. C'est aussi à moi, dit l'étranger.

Chantal allait recouvrir l'or avec la terre lorsqu'il lui demanda de n'en rien faire. Assis sur une pierre, il alluma une cigarette et regarda l'horizon.

– Pourquoi m'avez-vous montré ça ?

Il ne dit mot.

– Qui êtes-vous, enfin ? Qu'est-ce que vous faites ici ? Pourquoi m'avez-vous montré ça, sachant que je peux raconter à tout le monde ce qui est caché dans cette montagne ?

– Trop de questions à la fois, répondit l'étranger, les yeux rivés sur les hauteurs, comme s'il ignorait sa présence.

– Vous m'avez promis que si je vous suivais, vous répondriez à mes questions.

– Tout d'abord, ne croyez pas aux promesses. Le monde en est plein : richesse, salut éternel, amour infini. Certaines personnes se croient capables de tout promettre, d'autres acceptent n'importe quoi qui leur garantisse des jours meilleurs. Ceux qui promettent et ne tiennent pas parole se sentent impuissants et frustrés ; de même ceux qui s'accrochent aux promesses.

Il devenait prolixe. Il parlait de sa propre vie, de la nuit qui avait changé son destin, des mensonges qu'il avait été obligé de croire parce que la réalité était inacceptable. Il devait parler le langage de la jeune fille, un langage qu'elle puisse comprendre.

Chantal, en tout cas, comprenait presque tout. Comme tous les hommes mûrs, il ne pensait qu'au sexe avec un être plus jeune. Comme tout être humain, il pensait que l'argent peut tout acheter. Comme tout étranger, il était sûr que les petites provinciales étaient assez ingénues pour accepter n'importe quelle proposition, réelle ou imaginaire, pourvu que cela signifie ne serait-ce qu'une occasion de partir à plus ou moins longue échéance.

Il n'était pas le premier et, malheureusement, ne serait pas le dernier à essayer de la séduire aussi grossièrement. Ce qui la troublait, c'était la quantité d'or qu'il lui offrait. Elle n'avait jamais pensé valoir autant et cela tout à la fois lui plaisait et lui faisait peur.

– Je suis trop vieille pour croire à des promesses, répondit-elle pour essayer de gagner du temps.

– Mais vous y avez toujours cru et vous continuez à le faire.

– Vous vous trompez. Je sais que je vis au paradis, j'ai déjà lu la Bible et je ne vais pas commettre la même erreur qu'Eve, qui ne s'est pas contentée de ce qu'elle avait.

Bien sûr que ce n'était pas vrai. Maintenant elle commençait à être préoccupée : et si l'étranger se désintéressait d'elle et s'en allait ? A vrai dire, elle avait elle-même tissé la toile et provoqué leur rencontre dans la forêt. Elle s'était placée à l'endroit stratégique par où il passerait à son retour, de façon à avoir quelqu'un avec qui bavarder, peut-être encore une promesse à entendre, quelques jours à rêver d'un possible nouvel amour et d'un voyage sans retour très loin de sa vallée natale. Son cœur avait déjà été blessé plusieurs fois, mais malgré tout elle continuait de croire qu'elle rencontrerait l'homme de sa vie. Au début, elle avait voulu le choisir, mais maintenant elle sentait que le temps passait très vite et elle était prête à quitter Bescos avec le premier homme qui serait disposé à l'emmener, même si elle n'éprouvait rien pour lui. Certainement elle apprendrait à l'aimer – l'amour aussi était une question de temps.

L'homme interrompit ses pensées :

– C'est exactement cela que je veux savoir. Si nous vivons au paradis ou en enfer.

Très bien, il tombait dans le piège.

– Au paradis. Mais celui qui vit trop longtemps dans un endroit parfait finit par s'ennuyer.

Elle avait lancé le premier appât. En d'autres termes, elle avait dit : « Je suis libre, je suis

disponible. » Lui, sa prochaine question serait :
« Comme vous ? »

– Comme vous ? demanda l'étranger.

Elle devait être prudente – qui a grand-soif ne
court pas à la fontaine. Sinon, il pourrait s'effa-
roucher.

– Je ne sais pas. Tantôt je pense que oui, tantôt
je me dis que mon destin est ici et que je ne sau-
rais vivre loin de Bescos.

Deuxième étape : feindre l'indifférence.

– Bon, puisque vous ne me racontez rien sur
l'or que vous m'avez montré, merci pour la promenade. Je retourne à ma rivière et à mon livre.

– Attendez !

L'homme avait mordu à l'appât.

– Bien sûr que je vais vous expliquer pourquoi
cet or se trouve là. Sinon, pourquoi vous aurais-
je amenée jusqu'ici ?

Sexe, argent, pouvoir, promesses... Mais Chantal
arbora la mine de quelqu'un qui attend une surprenante révélation. Les hommes éprouvent un
étrange plaisir à se sentir supérieurs, ils ignorent
que la plupart du temps ils se comportent de
façon totalement prévisible.

– Vous devez avoir une grande expérience de
la vie, vous pouvez m'apprendre beaucoup.

Parfait. Relâcher un peu la tension, faire un
petit compliment pour ne pas effrayer la proie,
c'est une règle importante.

– Néanmoins, vous avez la très mauvaise habitude, au lieu de répondre à une simple question, de faire de longs sermons sur les promesses ou la façon d'agir dans la vie. Je resterai avec grand plaisir si vous répondez aux questions que je vous ai déjà posées : Qui êtes-vous ? Qu'est-ce que vous faites ici ?

L'étranger détourna son regard des montagnes et le posa sur la jeune femme en face de lui. Il avait affronté pendant des années toutes sortes d'êtres humains et il savait – presque sûrement – ce qu'elle pensait. Certainement elle croyait qu'il lui avait montré l'or pour l'impressionner par sa richesse. De même, elle essayait de l'impressionner par sa jeunesse et son indifférence.

– Qui suis-je ? Eh bien, disons que je suis un homme qui cherche une vérité. J'ai fini par la trouver en théorie, mais jamais je ne l'ai mise en pratique.   •

– Quelle sorte de vérité ?

– Sur la nature de l'homme. J'ai découvert que, si nous avons le malheur d'être tentés, nous finissons par succomber. Selon les circonstances, tous les êtres humains sont disposés à faire le mal.

– Je pense...

– Il ne s'agit pas de ce que vous pensez, ni de ce que je pense, ni de ce que nous voulons croire, mais de découvrir si ma théorie est valable. Vous voulez savoir qui je suis ? Je suis un industriel très riche, très célèbre. J'ai été à la tête de milliers d'employés, j'ai été dur quand il le fallait, bon quand je le jugeais nécessaire. Quelqu'un qui a vécu des situations dont les gens n'imaginent même pas l'existence et qui a cherché, au-delà de toute limite, aussi bien le plaisir que la connaissance. Un homme qui a connu le paradis alors qu'il se considérait enchaîné à l'enfer de la famille et de la routine. Et qui a connu l'enfer dès qu'il a pu jouir du paradis de la liberté totale. Voilà qui je suis, un homme qui a été bon et méchant toute sa vie, peut-être la personne la plus apte à répondre à la question que je me pose sur l'essence de l'être humain – et voilà pourquoi je suis ici. Je sais ce que vous voulez maintenant savoir.

Chantal sentit qu'elle perdait du terrain. Il fallait se reprendre rapidement.

– Vous pensez que je vais vous demander : Pourquoi m'avez-vous montré l'or ? En réalité, ce que je veux vraiment savoir, c'est pourquoi un industriel riche et célèbre vient à Bescos chercher une réponse qu'il peut trouver dans des livres, des universités ou tout simplement en consultant un philosophe renommé.

La sagacité de la jeune fille eut l'heur de plaire à l'étranger. Bien, il avait choisi la personne idoine – comme toujours.

– Je suis venu à Bescos avec un projet précis. Il y a longtemps, j'ai vu une pièce de théâtre d'un auteur qui s'appelle Dürrenmatt, vous devez le connaître...

Ce sous-entendu était une simple provocation. Cette jeune fille n'avait sûrement jamais entendu parler de Dürrenmatt et maintenant elle allait afficher de nouveau un air détaché comme si elle savait de qui il s'agissait.

— Continuez, dit Chantal, se comportant exactement comme l'étranger l'avait imaginé.

— Je suis content que vous le connaissiez, mais permettez-moi de vous rappeler de quelle pièce de théâtre je parle.

Et il pesa bien ses mots, son propos manifestait moins du cynisme que la fermeté de celui qui savait qu'elle mentait implicitement.

— Une femme revient dans une ville, après avoir fait fortune, uniquement pour humilier et détruire l'homme qui l'a rejetée quand elle était jeune. Toute sa vie, son mariage, sa réussite financière n'ont été motivés que par le désir de se venger de son premier amour.

« J'ai alors forgé mon propre jeu : me rendre dans un endroit écarté du monde, où tous contemplent la vie avec amour, paix, compassion, et voir si je réussis à leur faire enfreindre certains des commandements essentiels.

Chantal détourna son visage et regarda les montagnes. Elle savait que l'étranger s'était rendu compte qu'elle ne connaissait pas cet écrivain et maintenant elle avait peur qu'il l'interroge sur les commandements essentiels. Elle n'avait jamais été très dévote, elle n'avait aucune idée sur ce sujet.

– Dans ce village, tous sont honnêtes, à commencer par vous, poursuivit l'étranger. Je vous ai montré un lingot d'or qui vous donnerait l'indépendance nécessaire pour vous en aller parcourir le monde, faire ce dont rêvent toujours les jeunes filles dans les petites bourgades isolées. Le lingot va rester là. Vous savez qu'il est à moi, mais vous pourrez le voler si vous en avez l'envie. Et alors vous enfreindrez un commandement essentiel : « Tu ne voleras pas. »

La jeune fille cessa de regarder la montagne et fixa l'étranger.

– Quant aux dix autres lingots, ils suffiraient à ce que tous les habitants du village n'aient plus besoin de travailler le restant de leurs jours, ajouta-t-il. Je ne vous ai pas demandé de les recouvrir car je vais les déplacer dans un lieu connu de moi seul. Je veux que, à votre retour au village, vous disiez que vous les avez vus et que je suis disposé à les remettre aux habitants de Bescos s'ils font ce qu'ils n'ont jamais envisagé de faire.

– Par exemple ?

– Il ne s'agit pas d'un exemple, mais de quelque chose de concret. Je veux qu'ils enfreignent le commandement : « Tu ne tueras pas. »

– Pourquoi ?

La question avait fusé comme un cri.

L'étranger remarqua que le corps de la jeune femme s'était roidi et qu'elle pouvait partir à tout moment sans entendre la suite de l'histoire. Il devait lui confier rapidement tout son plan.

– Mon délai est d'une semaine. Si, au bout de sept jours, quelqu'un dans le village est trouvé mort – ce peut être un vieillard improductif, un malade incurable ou un débile mental à charge, peu importe la victime –, cet argent reviendra aux habitants et j'en conclurai que nous sommes tous méchants. Si vous volez ce lingot d'or mais que le village résiste à la tentation, ou vice versa, je conclurai qu'il y a des bons et des méchants, ce qui me pose un sérieux problème, car cela signifie qu'il y a une lutte au plan spirituel et que l'un ou l'autre camp peut l'emporter. Croyez-vous en Dieu, au surnaturel, aux combats entre anges et démons ?

La jeune femme garda le silence et, cette fois, il comprit qu'il avait posé la question au mauvais moment, courant le risque qu'elle lui tourne le dos sans le laisser finir. Trêve d'ironie, il fallait aller droit au but :

– Si, finalement, je quitte la ville avec mes onze lingots d'or, ce sera la preuve que tout ce en quoi j'ai voulu croire est un mensonge. Je mourrai avec la réponse que je ne voulais pas recevoir, car la vie me sera plus légère si j'ai raison – et si le monde est voué au mal.

« Même si ma souffrance sera toujours la même », pensa-t-il.

Les yeux de Chantal s'étaient emplis de larmes. Cependant, elle trouva encore la force de se contrôler.

– Pourquoi faites-vous cela ? Pourquoi mon village ?

– Il ne s'agit ni de vous ni de votre village. Je ne pense qu'à moi : l'histoire d'un homme est celle de tous les hommes. Je veux savoir si nous sommes bons ou méchants. Si nous sommes bons, Dieu est juste. Il me pardonnera pour tout ce que j'ai fait, pour le mal que j'ai souhaité à ceux qui ont essayé de me détruire, pour les décisions erronées que j'ai prises aux moments les plus importants, pour cette proposition que je vous fais maintenant – puisqu'Il m'a poussé sur le versant de l'ombre.

« Si nous sommes méchants, alors tout est permis. Je n'ai jamais pris de décision erronée, nous sommes déjà condamnés, et peu importe ce que nous faisons dans cette vie – car la rédemption se situe au-delà des pensées ou des actes de l'être humain.

Avant que Chantal ne se décide à partir, il ajouta :

– Vous pouvez décider de ne pas collaborer. Dans ce cas, je révélerai à tous que je vous ai donné la possibilité de les aider et que vous vous y êtes refusée. Alors, je leur ferai moi-même la proposition. S'ils décident de tuer quelqu'un, il est probable que vous serez la victime.

3

Les habitants de Bescos se familiarisèrent très vite avec les habitudes de l'étranger : il se réveillait tôt, prenait un petit déjeuner copieux et partait marcher dans les montagnes, malgré la pluie qui n'avait pas cessé de tomber depuis le lendemain de son arrivée et qui s'était bientôt changée en tempête de neige entrecoupée de rares accalmies. Il ne déjeunait jamais : il avait l'habitude de revenir à l'hôtel au début de l'après-midi, il s'enfermait dans sa chambre et faisait une sieste – du moins le supposait-on.

Dès que la nuit tombait, il repartait se promener, cette fois dans les alentours de la bourgade. Il était toujours le premier à se mettre à table pour le dîner ; il savait commander les plats les plus raffinés, il ne se laissait pas abuser par les prix, choisissait toujours le meilleur vin – qui n'était pas forcément le plus cher –, fumait une cigarette et passait au bar où dès le premier soir il se soucia de lier connaissance avec les hommes et les femmes qui le fréquentaient.

Il aimait entendre des histoires de la région et des générations qui avaient vécu à Bescos (quelqu'un disait que, par le passé, le village avait été plus important, comme l'attestaient les maisons en ruine au bout des trois rues existantes), et s'informer des coutumes et superstitions qui imprégnaient encore la vie des campagnards, ainsi que des nouvelles techniques d'agriculture et d'élevage.

Quand arrivait son tour de parler de lui-même, il racontait des histoires contradictoires – tantôt il disait qu'il avait été marin, tantôt il évoquait de grandes usines d'armement qu'il aurait dirigées ou parlait d'une époque où il avait tout quitté pour séjourner dans un monastère, en quête de Dieu.

A la sortie du bar, les clients discutaient, se demandant si l'étranger disait ou non la vérité. Le maire pensait qu'un homme peut être bien des choses dans la vie, même si depuis toujours les habitants de Bescos savaient que leur destin était tracé dès l'enfance. Le curé était d'un avis différent, il considérait le nouveau venu comme quelqu'un d'égaré, de perturbé, qui venait là pour essayer de se trouver lui-même.

En tout cas, une seule chose était sûre : il ne resterait que sept jours dans la bourgade. En effet, la patronne de l'hôtel avait raconté qu'elle l'avait entendu téléphoner à l'aéroport de la capitale pour confirmer sa réservation – curieusement, à destination d'une ville d'Afrique, et non d'Amérique du Sud. Aussitôt après le coup de téléphone, il avait sorti de sa poche une liasse de billets de banque pour régler d'avance sa note.

– Non, je vous fais confiance, avait-elle dit.

– Je tiens à vous régler tout de suite.

– Alors, utilisez votre carte de crédit, comme les autres clients en général. Et gardez ces billets pour vos petites dépenses pendant le reste de votre voyage.

Elle avait failli ajouter : « Peut-être qu'en Afrique on n'accepte pas les cartes de crédit », mais il aurait été embarrassant pour elle de révéler ainsi qu'elle l'avait écouté parler au téléphone et qu'elle pensait que certains continents étaient moins développés que d'autres.

L'étranger l'avait remerciée pour son souci de faciliter son voyage, mais lui avait demandé poliment d'accepter son argent.

Les trois soirs suivants, il paya – toujours en espèces – une tournée générale aux clients du bar. Cela n'était jamais arrivé à Bescos, si bien que tout le monde oublia les histoires contradictoires qui couraient au sujet de cet homme, désormais considéré comme un personnage généreux et cordial, sans préjugés, disposé à traiter les gens de la campagne sur le même pied que les hommes et les femmes des grandes villes.

Dès lors, les discussions nocturnes changèrent de sujet : quand le bar fermait, les couche-tard donnaient raison au maire, disant que le nouveau venu était un homme riche d'expériences, capable de comprendre la valeur d'une bonne amitié. Pourtant, d'autres garantissaient que le curé avait raison, n'était-ce pas lui qui connaissait le mieux l'âme humaine ? – et donc l'étranger était bien un homme solitaire, à la recherche de nouveaux amis ou d'une nouvelle vision de la vie. En tout cas, les habitants de Bescos s'accordaient pour dire que c'était une personne agréable et ils étaient convaincus qu'il leur manquerait, dès son départ prévu le lundi suivant.

En outre, tous avaient apprécié son tact, révélé par un détail important : d'ordinaire, les voyageurs, surtout quand ils arrivaient seuls, cherchaient toujours à engager la conversation avec Chantal Prym, la serveuse du bar – peut-être dans l'espoir d'une aventure éphémère ou autre chose ; or cet homme ne s'adressait à elle que pour commander à boire et il n'avait jamais échangé avec elle le moindre regard charmeur ou équivoque.

4

Les trois nuits qui suivirent leur rencontre au bord de la rivière, Chantal ne parvint pratiquement pas à dormir. La tempête soufflait par intermittence avec un bruit terrifiant et faisait claquer les volets vétustes. A peine endormie, Chantal se réveillait en sursaut, en nage, et pourtant elle avait débranché le chauffage pour économiser l'électricité.

La première nuit, elle se trouva en présence du Bien. Entre deux cauchemars – qu'elle n'arrivait pas à se rappeler –, elle priait et demandait à Dieu de l'aider. A aucun moment elle n'envisagea de raconter ce qu'elle avait entendu, d'être la messagère du péché et de la mort.

Vint l'instant où elle se dit que Dieu était trop lointain pour l'écouter et elle commença à adresser sa prière à sa grand-mère, morte depuis peu, qui l'avait élevée car sa mère était morte en lui donnant le jour. Elle se cramponnait de toutes ses forces à l'idée que le Mal était déjà passé une fois dans ces parages et était parti à jamais.

Même avec tous ses problèmes personnels, Chantal savait qu'elle vivait dans une communauté d'hommes et de femmes honnêtes, remplissant leurs devoirs, des gens qui marchaient la tête haute, respectés dans toute la région. Mais il n'en avait pas toujours été ainsi : durant plus de deux siècles, Bescos avait été habité par ce qu'il y avait de pire dans le genre humain et, à l'époque, tous acceptaient la situation avec le plus grand naturel, alléguant qu'elle était le résultat de la malédiction lancée par les Celtes lorsqu'ils avaient été vaincus par les Romains.

Jusqu'au jour où le silence et le courage d'un seul homme – quelqu'un qui croyait non aux malédictions, mais aux bénédictions – avaient racheté son peuple. Chantal écoutait le claquement des volets et se rappelait la voix de sa grand-mère qui lui racontait ce qui s'était passé.

« Il y a des années de cela, un ermite – qui plus tard fut connu comme saint Savin – vivait dans une des cavernes de cette région. A cette époque, Bescos n'était qu'un poste à la frontière, peuplé par des bandits évadés, des contrebandiers, des prostituées, des aventuriers venus racoler des complices, des assassins qui se reposaient là entre deux crimes. Le pire de tous, un Arabe nommé Ahab, contrôlait la bourgade et ses environs, faisant payer des impôts exorbitants aux agriculteurs qui persistaient à vivre de façon digne.

Un jour, Savin descendit de sa caverne, arriva à la maison d'Ahab et demanda d'y passer la nuit. Ahab éclata de rire :

– Tu ne sais pas que je suis un assassin, que j'ai déjà égorgé beaucoup de gens dans mon pays et que ta vie n'a aucune valeur à mes yeux ?

– Je sais, répondit Savin. Mais je suis las de vivre dans cette caverne. J'aimerais passer au moins une nuit ici.

Ahab connaissait la renommée du saint, non moindre que la sienne, et cela l'indisposait fort, car il n'aimait pas voir sa gloire partagée avec quelqu'un d'aussi fragile. Aussi décida-t-il de le tuer le soir même, pour montrer à tous qui était le seul maître incontestable des lieux.

Ils échangèrent quelques propos et Ahab ne laissa pas d'être impressionné par les paroles du saint. Mais c'était un homme méfiant et depuis longtemps il ne croyait plus au Bien. Il indiqua à Savin un endroit où se coucher et, tranquillement mais l'air menaçant, il se mit à aiguiser son poignard. Savin, après l'avoir observé quelques instants, ferma les yeux et s'endormit.

Ahab passa la nuit à aiguiser son poignard. Au petit matin, quand Savin se réveilla, il entendit Ahab se répandre en lamentations :

– Tu n'as pas eu peur de moi et tu ne m'as même pas jugé. Pour la première fois, quelqu'un a passé la nuit chez moi avec l'assurance que je pouvais être un homme bon, capable de donner l'hospitalité à tous ceux qui en ont besoin. Puisque tu as estimé que je pouvais faire preuve de droiture, j'ai agi en conséquence.

Ahab renonça sur-le-champ à sa vie criminelle et entreprit de transformer la région. C'est ainsi que Bescos cessa d'être un poste-frontière infesté de brigands pour devenir un centre commercial important entre deux pays.

Voilà ce que tu devais savoir. »

Chantal éclata en sanglots et remercia sa grand-mère de lui avoir rappelé cette histoire. Son peuple était bon et elle pouvait avoir confiance en lui. Cherchant de nouveau le sommeil, elle finit par caresser l'idée qu'elle allait révéler tout ce qu'elle savait de l'étranger, rien que pour voir sa mine déconfite quand les habitants de Bescos l'expulseraient de la ville.

Le soir, comme à son habitude, l'étranger vint au bar et entama une conversation avec les clients présents – tel un touriste quelconque, feignant de s'intéresser à des sujets futiles, par exemple la façon de tondre les brebis ou le procédé employé pour fumer la viande. Les habitants de Bescos avaient l'habitude de constater que tous les étrangers étaient fascinés par la vie saine et naturelle qu'ils menaient et par conséquent répétaient à l'envi les mêmes histoires sur le thème « ah ! comme il fait bon vivre à l'écart de la civilisation moderne ! » alors que chacun, de tout son cœur, aurait préféré se trouver bien loin de là, parmi les voitures qui polluent l'atmosphère, dans des quartiers où règne l'insécurité, simplement parce que les grandes villes ont toujours été un miroir aux alouettes pour les gens de la campagne. Mais chaque fois qu'un visiteur apparaissait, ils s'efforçaient de lui démontrer à grand renfort de discours – seulement de discours – la joie de vivre dans un paradis perdu, essayant ainsi de se convaincre eux-mêmes du miracle d'être nés ici et oubliant que, jusqu'alors, aucun des clients de l'hôtel n'avait décidé de tout quitter pour s'installer à Bescos.

La soirée fut très animée, mais un peu gâchée par une remarque que l'étranger n'aurait pas dû faire :

– Ici, les enfants sont très bien élevés. Au contraire de bien des lieux où je me suis trouvé, je ne les ai jamais entendus crier le matin.

Silence soudain dans le bar – car il n'y avait pas d'enfants à Bescos –, mais au bout de quelques instants pénibles, quelqu'un eut la bonne idée de demander à l'étranger s'il avait apprécié le plat typique qu'il venait de manger et la conversation reprit son cours normal, tournant toujours autour des enchantements de la campagne et des inconvénients de la grande ville.

A mesure que le temps passait, Chantal sentait une inquiétude la gagner car elle craignait que l'étranger ne lui demande de raconter leur rencontre dans la forêt. Mais il ne lui jetait pas le moindre regard et ne lui adressa la parole que pour commander une tournée générale qu'il paya comptant comme d'habitude.

Dès que les clients eurent quitté le bar, l'étranger monta dans sa chambre. Chantal enleva son tablier, alluma une cigarette tirée d'un paquet oublié sur une table et dit à la patronne qu'elle nettoierait et rangerait tout le lendemain matin, car elle était épuisée après son insomnie de la nuit précédente. Celle-ci ne soulevant aucune objection, elle mit son manteau et sortit dans l'air froid de la nuit.

Tout en marchant vers sa chambre toute proche, le visage fouetté par la pluie, elle se dit que peut-être, en lui faisant cette proposition macabre, l'étranger n'avait trouvé que cette façon bizarre d'attirer son attention.

Mais elle se souvint de l'or : elle l'avait vu, vu de ses propres yeux.

Ce n'était peut-être pas de l'or. Mais elle était trop fatiguée pour penser et, à peine entrée dans sa chambre, elle se déshabilla et se glissa sous les couvertures.

La deuxième nuit, Chantal se trouva en présence du Bien et du Mal. Elle sombra dans un sommeil profond, sans rêves, mais se réveilla au bout d'une heure. Tout, alentour, était silencieux : ni claquements de volets, ni cris d'oiseaux nocturnes, rien qui indiquât qu'elle appartenait encore au monde des vivants.

Elle alla à la fenêtre et observa la rue déserte, la pluie fine qui tombait, le brouillard où l'on ne distinguait que la lueur de l'enseigne de l'hôtel – jamais le village ne lui avait paru aussi sinistre. Elle connaissait bien ce silence d'une bourgade reculée, qui ne signifie pas du tout paix et tranquillité, mais absence totale de choses nouvelles à dire.

Elle regarda en direction des montagnes ; elle ne pouvait pas les voir car les nuages étaient très bas, mais elle savait que, quelque part là-haut, était caché un lingot d'or. Ou plutôt : il y avait une chose jaune, en forme de brique, enterrée par un étranger. Il lui avait montré l'emplacement exact et avait été sur le point de lui demander de déterrer le métal et de le garder.

Elle se recoucha et, après s'être tournée plusieurs fois, elle se leva de nouveau et alla à la salle de bains ; elle examina dans la glace son corps nu, un peu inquiète – n'allait-il pas bientôt perdre de sa séduction ? Revenue à son lit, elle regretta de ne pas avoir emporté le paquet de cigarettes oublié sur une table, mais elle savait que son propriétaire reviendrait le chercher et elle ne voulait pas qu'on se méfie d'elle. Bescos était régi par ce genre de codes : un reste de paquet de cigarettes avait un propriétaire, un bouton tombé d'une veste devait être conservé jusqu'à ce que quelqu'un vienne le réclamer, chaque centime de monnaie devait être rendu, pas question d'arrondir la somme à payer. Maudit endroit, où tout était prévisible, organisé, fiable.

Ayant compris qu'elle ne pourrait pas se rendormir, elle essaya de prier de nouveau et d'évoquer sa grand-mère. Mais une image restait gravée dans sa mémoire : le trou ouvert, le métal jaune souillé de terre, la branche dans sa main, comme si c'était le bâton d'un pèlerin prêt à partir. Elle s'assoupit, rouvrit les yeux plusieurs fois, mais le silence était toujours aussi impressionnant et la même scène se jouait sans cesse dans sa tête.

Dès que filtra à la fenêtre la première lueur de l'aube, elle se leva et sortit.

Les habitants de Bescos avaient l'habitude de se réveiller au point du jour ; pourtant, cette fois, elle les avait devancés. Elle marcha dans la rue déserte, regardant derrière elle à plusieurs reprises pour s'assurer que l'étranger ne la suivait pas, mais sa vue ne portait qu'à quelques mètres à cause du brouillard. Elle s'arrêtait de temps à autre pour surprendre un bruit de pas, mais n'entendait que son cœur qui battait la chamade.

Elle s'enfonça dans la forêt, atteignit l'amas rocheux en forme de Y, avec de nouveau la peur de le voir s'effondrer sur elle, ramassa la branche qu'elle avait laissée là la veille, creusa exactement à l'endroit que l'étranger lui avait indiqué, plongea la main dans le trou pour extraire le lingot. Elle tendit l'oreille : la forêt baignait dans un silence impressionnant, comme si une présence étrange la hantait, effrayant les animaux et figeant les feuillages.

Elle soupesa le lingot, plus lourd qu'elle ne l'imaginait, le frotta et vit apparaître, gravés dans le métal, deux sceaux et une série de chiffres dont la signification lui échappait.

Quelle valeur avait-il ? Elle ne le savait pas avec précision, mais, comme l'étranger l'avait dit, cette somme devait suffire pour qu'elle n'ait plus à se soucier de gagner un centime le reste de son existence. Elle tenait entre ses mains son rêve, quelque chose qu'elle avait toujours désiré et qu'un miracle mettait à sa portée. Là était la chance de se libérer de ces jours et nuits uniformes de Bescos, de cet hôtel où elle travaillait depuis sa majorité, des visites annuelles des amis et amies partis au loin pour étudier et devenir quelqu'un dans la vie, de toutes ces absences auxquelles elle s'était accoutumée, des hommes de passage qui lui promettaient tout et partaient le lendemain sans même lui dire au revoir, de tous ces rêves avortés qui étaient son lot. Ce moment, là, dans la forêt, était le plus important de son existence.

La vie avait toujours été injuste à son égard : père inconnu, mère morte en couches en lui laissant un sentiment de culpabilité, grand-mère paysanne qui vivait de travaux de couture et faisait de maigres économies pour que sa petite-fille puisse au moins apprendre à lire et à écrire. Chantal avait fait bien des rêves : elle avait toujours imaginé qu'elle pourrait surmonter les obstacles, trouver un mari, décrocher un emploi dans une grande ville, être découverte par un chercheur de talents venu se reposer dans ce bout du monde, faire carrière au théâtre, écrire un livre qui aurait un grand succès, poser pour un photographe de mode, fouler les tapis rouges de la grande vie.

Chaque jour, c'était l'attente. Chaque nuit, c'était la fièvre de rencontrer celui qui l'apprécierait à sa juste valeur. Chaque homme dans son lit, c'était l'espoir de partir le lendemain et de ne plus jamais voir ces trois rues, ces maisons décrépies, ces toits d'ardoise, l'église et le petit cimetière mal entretenu, l'hôtel et ses produits naturels qui demandaient des semaines de préparation pour être finalement vendus au même prix qu'un article de série.

Un jour, il lui était passé par la tête que les Celtes, anciens habitants du lieu, avaient caché un trésor fabuleux et qu'elle finirait par le trouver. Bien sûr, de tous ses rêves, c'était le plus absurde, le plus chimérique.

Et voilà que le moment était venu, là, elle tenait dans ses mains le lingot d'or, elle caressait le trésor auquel elle n'avait jamais vraiment cru, sa libération définitive.

Affolée tout à coup : le seul instant de chance de sa vie pouvait s'annuler sur-le-champ. Il suffisait que l'étranger change d'idée, décide de partir pour une ville où il rencontrerait une femme plus disposée à le seconder. Alors mieux valait ne pas hésiter, mais se mettre debout, retourner à sa chambre, boucler sa valise avec le peu qu'elle possédait, partir...

Déjà elle se voyait descendre la rue en pente, faire du stop à la sortie du village, tandis que l'étranger sortait pour sa promenade matinale, découvrait qu'on lui avait volé son or. Elle arrivait à la ville la plus proche – lui revenait à l'hôtel pour appeler la police.

Elle se présentait à un guichet de la gare routière, prenait un billet pour la destination la plus lointaine. Au même instant, deux policiers l'encadreraient, lui demanderaient gentiment d'ouvrir sa valise, mais dès qu'ils verraient son contenu, leur gentillesse s'effacerait, elle était la femme qu'ils cherchaient, à la suite d'une plainte déposée contre elle trois heures plus tôt.

Au commissariat, Chantal devrait choisir : ou bien dire la vérité, à laquelle personne ne croirait, ou bien affirmer simplement qu'elle avait vu le sol retourné, avait décidé de creuser et avait trouvé le lingot. Naguère, un chercheur de trésors – ceux qu'auraient cachés les Celtes – avait passé la nuit avec elle. Il lui avait dit que les lois du pays étaient claires : il avait le droit de garder ce qu'il trouvait, sauf certains objets archéologiques qu'il fallait déclarer et remettre à l'Etat. Un lingot d'or dûment estampillé n'avait aucune valeur patrimoniale, celui qui l'avait découvert pouvait donc se l'approprier.

Chantal se disait que, si jamais la police l'accusait d'avoir volé le lingot à cet homme, elle montrerait les traces de terre sur le métal et prouverait ainsi son bon droit.

Seulement voilà, entre-temps l'histoire serait arrivée à Bescos et ses habitants auraient déjà insinué – jalousie ? envie ? – que cette fille qui couchait avec des clients était bien capable d'en voler certains.

L'épisode se terminerait de façon pathétique : le lingot d'or serait confisqué en attendant que la justice tranche. Ne pouvant pas payer un avocat, Chantal serait dépossédée de sa trouvaille. Elle reviendrait à Bescos, humiliée, détruite, et ferait l'objet de commentaires qui ne s'éteindraient qu'au bout de longues années.

Résultat : ses rêves de richesse s'envoleraient et elle serait perdue de réputation.

Il y avait une autre façon d'envisager les choses : l'étranger disait la vérité. Si Chantal volait le lingot et partait sans esprit de retour, ne sauverait-elle pas Bescos et ses habitants d'un grand malheur ?

Toutefois, avant même de quitter sa chambre et de gagner la montagne, elle savait déjà qu'elle était incapable de franchir ce pas. Pourquoi donc, juste au moment où elle pouvait changer de vie complètement, éprouvait-elle une telle peur ? En fin de compte, ne couchait-elle pas avec qui elle voulait ? Parfois, n'abusait-elle pas de sa coquetterie pour obtenir des étrangers un bon pourboire ? Ne mentait-elle pas de temps à autre ? N'enviait-elle pas le sort de ses anciennes connaissances qui avaient quitté le village et n'y revenaient que pour les fêtes de fin d'année ?

Elle serra le lingot de toutes ses forces entre ses mains, se releva, mais, soudain faible et désespérée, elle retomba à genoux, remit le lingot dans le trou et le couvrit de terre. Non, elle ne pouvait pas l'emporter. Ce n'était pas une question d'honnêteté, en fait tout à coup elle avait peur. Elle venait de se rendre compte qu'il existe deux choses qui empêchent une personne de réaliser ses rêves : croire qu'ils sont irréalisables, ou bien, quand la roue du destin tourne à l'improviste, les voir se changer en possible au moment où l'on s'y attend le moins. En effet, en ce cas surgit la peur de s'engager sur un chemin dont on ne connaît pas l'issue, dans une vie tissée de défis inconnus, dans l'éventualité que les choses auxquelles nous sommes habitués disparaissent à jamais.

Les gens veulent tout changer et, en même temps, souhaitent que tout continue uniformément. Chantal ne comprenait pas très bien ce dilemme, mais elle devait maintenant en sortir. Peut-être était-elle par trop coincée à Bescos, accoutumée à son propre échec, et toute chance de victoire était pour elle un fardeau trop lourd.

Elle eut la certitude que l'étranger déjà ne comptait plus sur elle et que peut-être, ce jour même, il avait décidé de choisir quelqu'un d'autre. Mais elle était trop lâche pour changer son destin.

Ces mains qui avaient touché l'or devaient maintenant empoigner un balai, une éponge, un chiffon. Chantal tourna le dos au trésor et regagna l'hôtel où l'attendait la patronne, la mine un peu fâchée, car la serveuse avait promis de faire le ménage du bar avant le réveil du seul client de l'hôtel.

La crainte de Chantal ne se confirma pas : l'étranger n'était pas parti, il était au bar, plus charmeur que jamais, à raconter des histoires plus ou moins vraisemblables, à tout le moins intensément vécues dans son imagination. Cette fois encore, leurs regards ne se croisèrent, de façon impersonnelle, qu'au moment où il régla les consommations qu'il avait offertes à tous les autres clients.

Chantal était épuisée. Elle n'avait qu'une envie, que tous partent de bonne heure, mais l'étranger était particulièrement en verve et n'arrêtait pas de raconter des anecdotes que les autres écoutaient avec attention, intérêt et ce respect odieux – cette soumission, disons plutôt – que les campagnards témoignent à ceux qui viennent des grandes villes parce qu'ils les croient plus cultivés, mieux formés, plus intelligents et plus modernes.

« Comme ils sont bêtes ! pensait-elle. Ils ne comprennent pas combien ils sont importants. Ils ne savent pas que, chaque fois que quelqu'un, n'importe où dans le monde, porte une fourchette à sa bouche, il ne peut le faire que grâce à des gens comme les habitants de Bescos qui travaillent du matin au soir, inlassablement, qu'ils soient artisans, agriculteurs ou éleveurs. Ils sont plus nécessaires au monde que tous les habitants des grandes villes et pourtant ils se comportent – et se considèrent – comme des êtres inférieurs, complexés, inutiles. »

L'étranger, toutefois, était disposé à montrer que sa culture valait plus que le labeur de ceux qui l'entouraient. Il pointa son index vers un tableau accroché au mur.

– Savez-vous ce que c'est ? Un des plus célèbres tableaux du monde : la dernière cène de Jésus avec ses disciples, peinte par Léonard de Vinci.

– Ça m'étonnerait qu'il soit célèbre, dit la patronne de l'hôtel. Je l'ai payé très bon marché.

– C'est seulement une reproduction. L'original se trouve dans une église très loin d'ici. Mais il existe une légende à propos de ce tableau, je ne sais pas si vous aimeriez la connaître.

Tous les clients opinèrent d'un signe de tête et, une fois de plus, Chantal eut honte d'être là, à devoir écouter cet homme étaler des connaissances inutiles, juste pour montrer qu'il était plus savant que les autres.

– Quand il a eu l'idée de peindre ce tableau, Léonard de Vinci s'est heurté à une grande difficulté : il devait représenter le Bien – à travers l'image de Jésus – et le Mal – personnifié par Judas, le disciple qui décide de trahir pendant le dîner. Il a interrompu son travail en cours, pour partir à la recherche des modèles idéals.

« Un jour qu'il assistait à un concert choral, il a vu dans l'un des chanteurs l'image parfaite du Christ. Il l'a invité à poser dans son atelier et a fait de nombreuses études et esquisses.

« Trois ans passèrent. *La Cène* était presque prête, mais Léonard de Vinci n'avait pas encore trouvé le modèle idoine pour Judas. Le cardinal responsable de l'église où il travaillait commença à le presser de terminer la fresque.

« Après plusieurs jours de recherches, le peintre finit par trouver un jeune homme prématurément vieilli, en haillons, écroulé ivre mort dans un caniveau. Il demanda à ses assistants de le transporter, à grand-peine, directement à l'église, car il n'avait plus le temps de faire des croquis.

« Une fois là, les assistants mirent l'homme debout. Il était inconscient de ce qui lui arrivait, et Léonard de Vinci put reproduire les empreintes de l'impiété, du péché, de l'égoïsme, si fortement marquées sur ce visage.

« Quand il eut terminé, le clochard, une fois dissipées les vapeurs de l'ivresse, ouvrit les yeux et, frappé par l'éclat de la fresque, s'écria, d'une voix à la fois stupéfaite et attristée :

– J'ai déjà vu ce tableau !

– Quand ? demanda Léonard de Vinci, très étonné.

– Il y a trois ans, avant de perdre tout ce que j'avais. A l'époque, je chantais dans une chorale, je réalisais tous mes rêves et le peintre m'a invité à poser pour le visage de Jésus.

L'étranger observa un long silence. Il avait parlé sans cesse de fixer le curé qui sirotait une bière, mais Chantal savait que ses propos s'adressaient à elle. Il reprit :

– Autrement dit, le Bien et le Mal ont le même visage. Tout dépend seulement du moment où ils croisent le chemin de chaque être humain.

Il se leva, dit qu'il était fatigué, salua la compagnie et monta dans sa chambre. Les clients quittèrent le bar à leur tour, après avoir jeté un coup d'œil à la reproduction bon marché d'un tableau célèbre, chacun se demandant à quelle époque de sa vie il avait été touché par un ange ou un démon. Sans s'être concertés, tous arrivèrent à la conclusion que c'était arrivé à Bescos avant qu'Ahab n'eût pacifié la région. Depuis lors, rien n'était venu rompre l'uniformité des jours.

5

A bout de forces, travaillant presque comme un automate, Chantal savait qu'elle était la seule à penser différemment, car elle avait senti la main séductrice du Mal lui caresser le visage avec insistance. « Le Bien et le Mal ont le même visage, tout dépend du moment où ils croisent le chemin de chaque être humain. » De belles paroles, peut-être véridiques, mais pour le moment, elle n'avait qu'une envie, aller dormir et ne plus se torturer.

Elle se trompa en rendant la monnaie à un client, ce qui lui arrivait très rarement. Elle réussit à rester digne et impassible jusqu'au départ du curé et du maire – toujours les derniers à quitter le bar. Elle ferma la caisse, prit ses affaires, mit une veste bon marché et peu seyante et regagna sa chambre, comme elle le faisait chaque soir depuis des années.

La troisième nuit, alors elle se trouva en présence du Mal. Et le Mal se présenta sous la forme d'une extrême fatigue et d'une très forte poussée de fièvre. Elle plongea dans une semi-inconscience, sans pouvoir dormir – tandis qu'au-dehors un loup n'arrêtait pas de hurler. Au bout d'un moment, elle eut la certitude qu'elle délirait : il lui semblait que l'animal était entré dans sa chambre et lui parlait dans une langue qu'elle ne comprenait pas. En un éclair de lucidité, elle essaya de se lever pour aller au presbytère demander au curé d'appeler un médecin, car elle était malade, très malade, mais ses jambes se dérobèrent sous elle et elle comprit qu'elle ne pourrait pas faire un pas. Même si elle surmontait sa faiblesse, elle n'arriverait pas au presbytère. Même si elle y arrivait, elle devrait attendre que le curé se réveille, s'habille, lui ouvre la porte et pendant ce temps, le froid ferait monter sa fièvre, la tuerait sans pitié, là même, à deux pas de l'église, de ce lieu considéré comme sacré.

« Ce sera facile de m'enterrer, je mourrai à l'entrée du cimetière. »

Chantal délira toute la nuit, mais elle sentit que la fièvre baissait à mesure que les premières lueurs du jour entraient dans sa chambre. Quand ses forces furent revenues, elle put enfin dormir un long moment d'un sommeil calme. Un coup de klaxon familier la réveilla : c'était le boulanger ambulant qui venait d'arriver à Bescos, à l'heure du petit déjeuner.

Elle se dit qu'elle n'avait pas besoin de sortir pour acheter du pain, elle était indépendante, elle pouvait faire la grasse matinée, elle ne travaillait que le soir. Mais quelque chose en elle avait changé : elle avait besoin d'être en contact avec le monde si elle ne voulait pas sombrer dans la folie. Elle avait envie de rencontrer les gens qui se rassemblaient autour de la fourgonnette verte, heureux d'aborder cette nouvelle journée en sachant qu'ils auraient de quoi manger et de quoi s'occuper.

Elle les rejoignit, les salua, entendit quelques remarques du genre : « Tu as l'air fatiguée » ou « Quelque chose ne va pas ? » Tous aimables, solidaires, prêts à donner un coup de main, innocents et simples dans leur générosité, tandis qu'elle, l'âme engagée dans un combat sans trêve, se débattait dans ses rêves de richesse, d'aventures et de pouvoir, en proie à la peur. Certes, elle aurait bien voulu partager son secret, mais même si elle ne le confiait qu'à une seule personne, tout le village le connaîtrait avant la fin de la matinée – il valait donc mieux se contenter de remercier ceux qui se souciaient de sa santé et attendre que ses idées se clarifient un peu.

– Ce n'est rien. Un loup a hurlé toute la nuit et ne m'a pas laissée dormir.

– Un loup ? Je ne l'ai pas entendu, dit la patronne de l'hôtel, également présente.

– Cela fait des mois qu'un loup n'a pas hurlé dans cette région, précisa la femme qui fabriquait les produits vendus dans la petite boutique du bar. Les chasseurs les ont sans doute tous exterminés. Malheureusement, c'est mauvais pour nos affaires. Si les loups disparaissent, les chasseurs ne viendront plus ici dépenser leur argent, puisqu'ils ne pourront plus participer à une compétition aussi stupide qu'inutile.

– Ne dis pas devant le boulanger que les loups vont disparaître, il compte sur la clientèle des chasseurs, souffla la patronne de l'hôtel. Et moi aussi.

– Je suis sûre que j'ai entendu un loup.

– C'était sûrement le loup maudit, supposa la femme du maire, qui n'aimait guère Chantal mais était assez bien élevée pour cacher ses sentiments.

La patronne de l'hôtel haussa le ton.

– Le loup maudit n'existe pas. C'était un loup quelconque qui doit être déjà loin.

Mais la femme du maire répliqua :

– En tout cas, personne n'a entendu de loup hurler cette nuit. Vous faites travailler cette demoiselle à des heures indues. Elle est épuisée, elle commence à avoir des hallucinations.

Chantal laissa les deux femmes discuter, prit son pain et regagna sa chambre.

« Une compétition inutile » : ces mots l'avaient frappée. C'était ainsi qu'eux autres voyaient la vie : une compétition inutile. Tout à l'heure, elle avait failli révéler la proposition de l'étranger, pour voir si ces gens résignés et pauvres d'esprit pouvaient entamer une compétition vraiment utile : dix lingots d'or en échange d'un simple crime qui garantirait l'avenir de leurs enfants et petits-enfants, le retour de la gloire perdue de Bescos, avec ou sans loups.

Mais elle s'était contrôlée. Sa décision, toutefois, était prise : le soir même, elle raconterait l'histoire, devant tout le monde, au bar, de façon que personne ne puisse dire qu'il n'avait pas entendu ou pas compris. Peut-être que les clients empoigneraient l'étranger et le conduiraient directement à la police, la laissant libre de prendre son lingot en récompense pour ce service rendu à la communauté. A moins qu'ils ne refusent de la croire, et l'étranger partirait persuadé que tous étaient bons – ce qui n'était pas vrai.

Tous sont ignorants, naïfs, résignés. Aucun ne croit à des choses qui ne font pas partie de ce qu'il a l'habitude de croire. Tous craignent Dieu. Tous – elle comprise – sont lâches au moment où ils peuvent changer leur destin. Quant à la bonté, elle n'existe pas – ni sur la terre des hommes lâches, ni dans le ciel du Dieu tout-puissant qui répand la souffrance à tort et à travers, simplement pour que nous passions toute notre vie à Lui demander de nous délivrer du mal.

La température avait baissé. Chantal se hâta de préparer son petit déjeuner pour se réchauffer. Malgré ses trois nuits d'insomnie, elle se sentait revigorée. Elle n'était pas la seule à être lâche. En revanche, peut-être était-elle la seule à avoir conscience de sa lâcheté, vu que les autres disaient de la vie qu'elle était une « compétition inutile » et confondaient leur peur avec la générosité.

Elle se souvint d'un habitant de Bescos qui travaillait dans une pharmacie d'une ville voisine et qui avait été licencié vingt ans plus tôt. Il n'avait réclamé aucune indemnité parce que, disait-il, il avait eu des relations amicales avec son patron, ne voulait pas le blesser, en rajouter aux difficultés financières qui avaient motivé son licenciement. Du bluff : cet homme n'avait pas fait valoir ses droits devant la justice parce qu'il était lâche, il voulait être aimé à tout prix, il espérait que son patron le considérerait toujours comme une personne généreuse et fraternelle. Un peu plus tard, ayant besoin d'argent, il était allé trouver son ex-patron pour solliciter un prêt. Celui-ci l'avait rembarré avec rudesse : « N'avez-vous pas eu la faiblesse de signer une lettre de démission ? Vous ne pouvez plus rien exiger ! »

« Bien fait pour lui », se dit Chantal. Jouer les âmes charitables, c'était bon uniquement pour ceux qui avaient peur d'assumer des positions dans la vie. Il est toujours plus facile de croire à sa propre bonté que d'affronter les autres et de lutter pour ses droits personnels. Il est toujours plus facile de recevoir une offense et de ne pas y répondre que d'avoir le courage d'affronter un adversaire plus fort que soi. Nous pouvons toujours dire que nous n'avons pas été atteints par la pierre qu'on nous a lancée, c'est seulement la nuit – quand nous sommes seuls et que notre femme, ou notre mari, ou notre camarade de classe est endormi –, c'est seulement la nuit que nous pouvons déplorer en silence notre lâcheté.

Chantal but son café en se disant : « Pourvu que la journée passe vite ! » Elle allait détruire ce village, en finir avec Bescos le soir même. De toute façon, c'était déjà une bourgade condamnée à disparaître en moins d'une génération puisqu'il n'y avait plus d'enfants – la jeune génération faisait souche dans d'autres villes du pays où elle menait la belle vie dans le tourbillon de la « compétition inutile ».

Mais la journée s'écoula lentement. A cause du ciel gris, des nuages bas, Chantal avait l'impression que les heures traînaient en longueur. Le brouillard ne permettait pas de voir les montagnes et le village semblait isolé du monde, perdu en lui-même, comme si c'était la seule partie habitée de la Terre. De sa fenêtre, Chantal vit l'étranger sortir de l'hôtel et se diriger vers les montagnes, comme à l'accoutumée. Elle craignit pour son lingot d'or mais se rassura aussitôt : il allait revenir, il avait payé une semaine d'hôtel et les hommes riches ne gaspillent jamais un centime, seuls les pauvres en sont capables.

Elle essaya de lire mais ne parvint pas à se concentrer. Elle décida de faire un tour dans le village et elle ne rencontra qu'une seule personne, Berta, la veuve qui passait ses journées assise sur le pas de sa porte, attentive à tout ce qui pouvait se produire.

– Le temps va encore se gâter, dit Berta.

Chantal se demanda pourquoi les personnes désœuvrées se soucient tellement du temps qu'il fait. Elle se contenta d'acquiescer d'un signe de tête et continua son chemin. Elle avait déjà épuisé tous les sujets de conversation possibles avec Berta depuis tout ce temps qu'elle avait vécu à Bescos. A une époque, elle avait trouvé que c'était une femme intéressante, courageuse, qui avait été capable de stabiliser sa vie, même après la mort de son mari victime d'un accident de chasse : Berta avait vendu quelques-uns de ses biens, placé l'argent qu'elle avait retiré de cette vente ainsi que celui de l'assurance vie de son mari, et vivait de ces revenus. Mais, les années passant, la veuve avait cessé d'intéresser Chantal qui voyait désormais en elle l'image d'une destinée qu'elle voulait à tout prix s'éviter : non, pas question de finir sa vie assise sur une chaise, emmitouflée pendant l'hiver, comme à un poste d'observation, alors qu'il n'y avait là rien d'intéressant ni d'important ni de beau à voir.

Elle gagna la forêt proche où stagnaient des nappes de brume, sans craindre de se perdre, car elle connaissait presque par cœur tous les sentiers, arbres et rochers. Tout en marchant, elle vivait par avance la soirée, sûrement palpitante ; elle essayait diverses façons de raconter la proposition de l'étranger : soit elle se contentait de rapporter au pied de la lettre ce qu'elle avait vu et entendu, soit elle forgeait une histoire plus ou moins vraisemblable, en s'efforçant de lui donner le style de cet homme qui ne la laissait pas dormir depuis trois jours.

« Un homme très dangereux, pire que tous les chasseurs que j'ai connus. »

Tout à coup, Chantal se rendit compte qu'elle avait découvert une autre personne aussi dangereuse que l'étranger : elle-même. Quatre jours plus tôt, elle ne percevait pas qu'elle était en train de s'accoutumer à ce qu'elle était, à ce qu'elle pouvait espérer de l'avenir, au fait que la vie à Bescos n'était pas tellement désagréable – elle était même très gaie en été quand le lieu

65

était envahi par des touristes qui trouvaient que c'était un « petit paradis ».

A présent, les monstres sortaient de leurs tombes, hantaient ses nuits, la rendaient malheureuse, abandonnée de Dieu et de son propre destin. Pis encore : ils l'obligeaient à voir l'amertume qui la rongeait jour et nuit, qu'elle traînait dans la forêt, dans son travail, dans ses rares rencontres et dans ses moments fréquents de solitude.

« Que cet homme soit condamné. Et moi avec lui, moi qui l'ai forcé à croiser mon chemin. »

Elle décida de rentrer. Elle se repentait de chaque minute de sa vie et elle blasphémait contre sa mère morte à sa naissance, contre sa grand-mère qui lui avait enseigné qu'elle devait s'efforcer d'être bonne et honnête, contre ses amis qui l'avaient abandonnée, contre son destin qui lui collait à la peau.

Berta n'avait pas bougé de sa chaise.

– Tu marches bien vite, dit-elle. Assieds-toi à côté de moi et repose-toi un peu.

Chantal accepta l'invitation. Elle aurait fait n'importe quoi pour voir le temps passer plus vite.

– On dirait que le village est en train de changer, dit Berta. Il y a quelque chose de différent dans l'air. Hier soir, j'ai entendu le loup maudit hurler.

La jeune femme poussa un soupir de soulagement. Maudit ou non, un loup avait hurlé la nuit précédente et elle n'avait pas été la seule à l'entendre.

– Ce village ne change jamais, répondit-elle. Seules les saisons varient, nous voici en hiver.

– Non, c'est l'arrivée de l'étranger.

Chantal tressaillit. S'était-il confié à quelqu'un d'autre ?

– Qu'est-ce que l'arrivée de l'étranger a à voir avec Bescos ?

– Je passe mes journées à regarder autour de moi. Certains pensent que c'est une perte de temps, mais c'est la seule façon d'accepter la mort de celui que j'ai tant aimé. Je vois les saisons passer, les arbres perdre et retrouver leurs feuilles. Il n'empêche que, de temps en temps, un élément inattendu provoque des changements définitifs. On m'a dit que les montagnes alentour sont le résultat d'un tremblement de terre survenu il y a des millénaires.

La jeune femme acquiesça : elle avait appris la même chose au collège.

– Alors, rien ne redevient comme avant. J'ai peur que cela puisse arriver maintenant.

Chantal eut soudain envie de raconter l'histoire du lingot, car elle pressentait que la vieille savait quelque chose à ce sujet, mais elle garda le silence. Berta enchaîna :

– Je pense à Ahab, notre grand réformateur, notre héros, l'homme qui a été béni par saint Savin.

– Pourquoi Ahab ?

– Parce qu'il était capable de comprendre qu'un petit détail, même anodin, peut tout détruire. On raconte qu'après avoir pacifié la bourgade, chassé les brigands intraitables et modernisé l'agriculture et le commerce de Bescos, un soir, il réunit ses amis pour dîner et prépara pour eux un rôti de premier choix. Tout à coup, il s'aperçut qu'il n'avait plus de sel.

« Alors Ahab dit à son fils :

– Va chez l'épicier et achète du sel. Mais paie le prix fixé, ni plus ni moins.

« Le fils, un peu surpris, rétorqua :

– Père, je comprends que je ne dois pas le payer plus cher. Mais, si je peux marchander un peu, pourquoi ne pas faire une petite économie ?

– Je te le conseillerais dans une grande ville. Mais dans un village comme le nôtre, agir ainsi pourrait conduire à une catastrophe.

« Une fois le fils parti faire l'emplette, les invités, qui avaient assisté à la conversation, voulurent savoir pourquoi on ne devait pas marchander du sel et Ahab répondit :

– Celui qui accepte de baisser le prix du produit qu'il vend a sûrement un besoin désespéré d'argent. Celui qui profite de cette situation affiche un mépris profond pour la sueur et les efforts d'un homme qui a travaillé pour produire quelque chose.

« Mais en l'occurrence, c'est un motif trop insignifiant pour qu'un village soit anéanti.

« De même, au début du monde, l'injustice était minime. Mais chaque génération a fini par y ajouter sa part, trouvant toujours que cela n'avait guère d'importance, et voyez où nous en sommes aujourd'hui.

– Comme l'étranger, n'est-ce pas ? dit Chantal, dans l'espoir que Berta avoue avoir causé avec lui.

Mais la vieille garda le silence. Chantal insista :

– J'aimerais bien savoir pourquoi Ahab voulait à tout prix sauver Bescos. C'était un repaire de criminels, et maintenant c'est un village de lâches.

La vieille certainement savait quelque chose. Restait à découvrir si elle le tenait de l'étranger.

– C'est vrai. Mais je ne sais pas si on peut vraiment parler de lâcheté. Je pense que tout le monde a peur des changements. Les habitants de Bescos veulent tous que leur village soit comme il a toujours été : un endroit où l'on cultive la terre et élève du bétail, qui réserve un accueil chaleureux aux touristes et aux chasseurs, mais où chacun sait exactement ce qui va se passer le lendemain et où les tourmentes de la nature sont les seules choses imprévisibles. C'est peut-être une façon de trouver la paix, encore que je sois d'accord avec toi sur un point : tous sont d'avis qu'ils contrôlent tout, mais ils ne contrôlent rien.

– Ils ne contrôlent rien, c'est vrai, dit Chantal.

– « Personne ne peut ajouter un iota à ce qui est écrit », dit la vieille, citant un texte évangélique. Mais nous aimons vivre avec cette illusion, c'est une façon de nous rassurer.

« En fin de compte, c'est un choix de vie comme un autre, bien qu'il soit stupide de croire que l'on peut contrôler le monde, se réfugiant dans une sécurité illusoire qui empêche de se préparer aux vicissitudes de la vie. Au moment où l'on s'y attend le moins, un tremblement de terre fait surgir des montagnes, la foudre tue un arbre qui allait reverdir au printemps, un accident de chasse met fin à la vie d'un homme honnête.

Et, pour la centième fois, Berta raconta comment son mari était mort. Il était l'un des guides les plus respectés de la région, un homme qui voyait dans la chasse, non pas un sport sauvage, mais un art de respecter la tradition du lieu. Grâce à lui, Bescos avait créé un parc animalier, la mairie avait mis en vigueur des arrêtés destinés à protéger des espèces en voie d'extinction, la chasse au gibier commun était réglementée, pour toute pièce abattue il fallait payer une taxe dont le montant allait aux œuvres de bienfaisance de la communauté.

Le mari de Berta essayait d'inculquer aux autres chasseurs que la cynégétique était en quelque sorte un art de vivre. Quand un homme aisé mais peu expérimenté faisait appel à ses services, il le conduisait dans un lieu désert. Il posait une boîte vide sur une pierre, allait se mettre à cinquante mètres de distance et une seule balle suffisait pour faire voler la boîte.

– Je suis le meilleur tireur de la région, disait-il. Maintenant vous allez apprendre une façon d'être aussi habile que moi.

Il remettait la boîte en place, revenait se poster à cinquante mètres. Alors il prenait une écharpe et demandait à l'autre de lui bander les yeux. Aussitôt fait, il portait son fusil à l'épaule et tirait.

– Je l'ai touchée ? demandait-il en enlevant le bandeau.

– Bien sûr que non, répondait l'apprenti chasseur, tout content de voir que son mentor présomptueux s'était ridiculisé. La balle est passée très loin. Je pense que vous n'avez rien à m'apprendre.

– Je viens de vous donner la leçon la plus importante de la vie, affirmait alors le mari de Berta. Chaque fois que vous voudrez réussir quelque chose, gardez les yeux ouverts, concentrez-vous pour savoir exactement ce que vous désirez. Personne n'atteint son objectif les yeux fermés.

Un jour, alors qu'il remettait la boîte en place, son client avait cru que c'était son tour de la coucher en joue. Il avait tiré avant que le mari de Berta ne revienne à ses côtés. Il avait raté la boîte mais atteint celui-ci en pleine tête. Il n'avait pas eu le temps d'apprendre la splendide leçon de concentration sur l'objectif.

— Il faut que j'y aille, dit Chantal. J'ai des choses à faire avant ce soir.

Berta lui souhaita une bonne journée et la suivit des yeux jusqu'à ce qu'elle ait disparu dans la ruelle qui longeait l'église. Regarder les montagnes et les nuages, assise devant sa porte depuis tant d'années, bavarder mentalement avec son défunt mari lui avait appris à « voir » les personnes. Son vocabulaire était limité, elle n'arrivait pas à trouver d'autre mot pour décrire les multiples sensations que les autres lui donnaient, mais c'était ce qui se passait : elle « distinguait » les autres, elle connaissait leurs sentiments.

Tout avait commencé à l'enterrement de son grand et unique amour. Elle était en proie à une crise de larmes quand un garçonnet à côté d'elle – qui vivait maintenant à des centaines de kilomètres – lui avait demandé pourquoi elle était triste.

Berta n'avait pas voulu perturber l'enfant en lui parlant de la mort et des adieux définitifs. Elle s'était contentée de dire que son mari était parti et qu'il ne reviendrait pas de sitôt à Bescos.

« Je pense qu'il vous a raconté des histoires, avait répondu le garçonnet. Je viens de le voir caché derrière une tombe, il souriait, il avait une cuillère à soupe à la main. »

Sa mère l'avait entendu et l'avait réprimandé sévèrement. « Les enfants n'arrêtent pas de voir des choses », avait-elle dit pour excuser son fils. Mais Berta avait aussitôt séché ses larmes et regardé en direction de la tombe indiquée. Son mari avait la manie de manger sa soupe toujours avec la même cuillère, manie dont il ne démordait pas malgré l'agacement de Berta. Pourtant, elle n'avait jamais raconté l'histoire à personne, de peur qu'on le prît pour un fou. Elle avait donc compris que l'enfant avait réellement vu son mari : la cuillère à soupe en était la preuve. Les enfants « voyaient » certaines choses. Elle avait aussitôt décidé qu'elle aussi allait apprendre à « voir », parce qu'elle voulait bavarder avec lui, l'avoir de retour à ses côtés – même si c'était comme un fantôme.

D'abord, elle se claquemura dans sa maison, ne sortant que rarement, dans l'attente qu'il apparaisse devant elle. Un beau jour, elle eut une sorte de pressentiment : elle devait s'asseoir sur le pas de sa porte et prêter attention aux autres. Elle perçut que son mari souhaitait la voir mener une vie plus plaisante, participer davantage à ce qui se passait dans le village.

Elle installa une chaise devant sa maison et porta son regard vers les montagnes. Rares étaient les passants dans les rues de Bescos. Pourtant, ce même jour, une femme arriva d'un village voisin et lui dit qu'au marché des camelots vendaient des couverts à bas prix, mais de très bonne qualité, et elle sortit de son cabas une cuillère pour prouver ses dires.

Berta était persuadée qu'elle ne reverrait plus jamais son mari mais, s'il lui avait demandé d'observer le village, elle respecterait ses volontés. Avec le temps, elle commença à remarquer une présence à sa gauche et elle eut la certitude qu'il était là pour lui tenir compagnie, la protéger du moindre danger et surtout lui apprendre à voir les choses que les autres ne percevaient pas, par exemple les dessins des nuages porteurs de messages. Elle était un peu triste lorsque, essayant de le regarder de face, elle sentait sa présence se diluer. Mais très vite elle remarqua qu'elle pouvait communiquer avec lui en se servant de son intuition et ils se mirent à avoir de longues conversations sur tous les sujets possibles.

Trois ans plus tard, elle était déjà capable de « voir » les sentiments des gens et de recevoir par ailleurs de son mari des conseils pratiques fort utiles : ne pas accepter de transiger sur le montant de son assurance vie, changer de banque avant qu'elle ne fasse faillite, ruinant de nombreux habitants de la région.

Un jour – elle avait oublié quand c'était arrivé –, il lui avait dit que Bescos pouvait être détruit. Sur le moment, Berta imagina un tremblement de terre, de nouvelles montagnes surgissant à l'horizon, mais il l'avait rassurée, un tel événement ne se produirait pas avant au moins mille ans. C'était un autre type de destruction qu'il redoutait, sans savoir au juste lequel. En tout cas, elle devait rester vigilante, car c'était son village, l'endroit qu'il aimait le plus au monde, même s'il l'avait quitté plus tôt qu'il ne l'aurait souhaité.

Berta commença à être de plus en plus attentive aux personnes, aux formes des nuages, aux chasseurs de passage, et rien ne semblait indiquer que quelqu'un dans l'ombre préparait la destruction d'une bourgade qui n'avait jamais fait de mal à personne. Mais son mari lui demandait instamment de ne pas relâcher son attention et elle suivait cette recommandation.

Trois jours plus tôt, elle avait vu l'étranger arriver en compagnie d'un démon. Et elle avait compris que son attente touchait à sa fin. Aujourd'hui, elle avait remarqué que la jeune femme était encadrée par un démon et par un ange. Elle avait aussitôt établi le rapport entre ces deux faits et conclu que quelque chose d'étrange se passait dans son village.

Elle sourit pour elle-même, tourna son regard vers sa gauche et mima un baiser discret. Non, elle n'était pas une vieille inutile. Elle avait quelque chose de très important à faire : sauver l'endroit où elle était née, sans savoir encore quelles mesures elle devait prendre.

Chantal la laissa plongée dans ses pensées et regagna sa chambre. A en croire les racontars des habitants de Bescos, Berta était une vieille sorcière. Ils disaient qu'elle avait passé un an enfermée chez elle, à apprendre des arts magiques. Chantal avait un jour demandé qui l'avait initiée et des gens avaient insinué que le démon en personne lui apparaissait pendant la nuit ; d'autres affirmé qu'elle invoquait un prêtre celtique en utilisant des formules que ses parents lui avaient transmises. Mais personne ne s'en souciait : Berta était inoffensive et elle avait toujours de bonnes histoires à raconter.

Tous étaient d'accord avec cette conclusion et pourtant c'étaient toujours les mêmes histoires. Soudain, Chantal se figea, la main sur la poignée de la porte. Elle avait beau avoir souvent entendu Berta faire le récit de la mort de son mari, c'est seulement en cet instant qu'elle se rendit compte qu'il y avait là une leçon capitale pour elle. Elle se rappela sa récente promenade dans la forêt, sa haine sourde – dans tous les sens du terme –, prête à blesser indistinctement tous ceux qui passeraient à sa portée – le village, ses habitants, leur descendance – et elle-même s'il le fallait.

Mais, à vrai dire, la seule cible, c'était l'étranger. Se concentrer, tirer, réussir à tuer la proie. A cet effet, il fallait préparer un plan. Ce serait une sottise de révéler quelque chose ce soir-là, alors que le contrôle de la situation lui échappait. Elle décida de remettre à un jour ou deux le récit de sa rencontre avec l'étranger – se réservant même de ne rien dire.

6

Ce soir-là, quand Chantal encaissa le montant des boissons que l'étranger avait offertes, comme d'habitude, elle remarqua qu'il lui glissait discrètement un billet dans la main. Elle le mit dans sa poche, feignant l'indifférence, mais elle avait vu que l'homme avait tenté, à plusieurs reprises, d'échanger des regards avec elle. Le jeu, à présent, semblait inversé : elle contrôlait la situation, à elle de choisir le champ de bataille et l'heure du combat. C'était ainsi que se comportaient les bons chasseurs : ils imposaient toujours leurs conditions pour que le gibier vienne à eux.

Elle attendit d'être de retour à sa chambre – cette fois avec la sensation qu'elle allait bien dormir – pour lire le billet : l'étranger lui proposait de la rencontrer à l'endroit où ils s'étaient connus. Il ajoutait qu'il préférait une conversation en tête à tête, mais qu'il n'excluait pas de parler devant tout le monde, si elle le souhaitait.

Elle comprit la menace implicite. Loin d'en être effrayée, elle était contente de l'avoir reçue. Cela prouvait qu'il était en train de perdre le contrôle, car les hommes et les femmes dangereux ne font jamais cela. Ahab, le grand pacificateur de Bescos, avait coutume de dire : « Il existe deux types d'imbéciles : ceux qui renoncent à faire une chose parce qu'ils ont reçu une menace, et ceux qui croient qu'ils vont faire quelque chose parce qu'ils menacent autrui. »

Elle déchira le billet en petits morceaux qu'elle jeta dans la cuvette des W.-C., actionna la chasse d'eau. Puis, après avoir pris un bain très chaud, elle se glissa sous les couvertures en souriant. Elle avait réussi exactement ce qu'elle souhaitait : elle allait rencontrer de nouveau l'étranger en tête à tête. Si elle voulait savoir comment le vaincre, il fallait mieux le connaître.

Elle s'endormit presque aussitôt – d'un sommeil profond, réparateur, délassant. Elle avait passé une nuit avec le Bien, une nuit avec le Bien et le Mal, et une nuit avec le Mal. Aucun des deux ne l'avait emporté, elle non plus, mais ils étaient toujours bien vivants dans son âme et maintenant ils commençaient à se battre entre eux – pour démontrer qui était le plus fort.

7

Quand l'étranger arriva au bord de la rivière, il trouva Chantal qui l'attendait sous une pluie battante – les bourrasques avaient recommencé.

– Nous n'allons pas parler du temps, dit-elle. Il pleut, rien à ajouter. Je connais un endroit où nous serons plus à l'aise pour bavarder.

Elle se leva et saisit le sac de toile, de forme allongée, qu'elle avait apporté.

– Vous avez un fusil dans ce sac, dit l'étranger.

– Oui.

– Vous voulez me tuer.

– Vous avez deviné. Je ne sais pas si je vais réussir, mais j'en ai très envie. De toute façon, j'ai pris cette arme pour une autre raison : il se peut que je rencontre le loup maudit sur mon chemin et, si je l'extermine, je serai davantage respectée à Bescos. Hier, je l'ai entendu hurler, mais personne n'a voulu me croire.

– Un loup maudit ?

Elle se demanda si elle devait ou non se montrer familière avec cet homme qui, elle ne l'oubliait pas, était son ennemi. Mais elle se rappela un ouvrage sur les arts martiaux japonais – elle n'aimait pas dépenser son argent à acheter des livres, aussi lisait-elle ceux que les clients de l'hôtel laissaient en partant, quel que soit leur genre – dans lequel elle avait appris que la meilleure façon d'affaiblir son adversaire consiste à le convaincre que vous êtes de son côté.

Tout en cheminant, sans souci du vent et de la pluie, elle raconta l'histoire. Deux ans plus tôt, un homme de Bescos, le forgeron, pour être plus précis, était en train de se promener dans la forêt quand il s'était trouvé nez à nez avec un loup et ses petits. Malgré sa peur, l'homme avait saisi une grosse branche et avait fondu sur l'animal. Normalement, le loup aurait dû fuir, mais comme il était avec ses louveteaux, il avait contre-attaqué et mordu le forgeron à la jambe. Celui-ci, doté d'une force peu commune vu sa profession, avait réussi à frapper l'animal avec une telle violence qu'il l'avait obligé à reculer, puis à disparaître à jamais dans les fourrés avec ses petits : tout ce qu'on savait de lui, c'était qu'il avait une tache blanche à l'oreille gauche.

– Pourquoi est-il maudit ?

– Les animaux, même les plus féroces, n'attaquent en général jamais, sauf dans des circonstances exceptionnelles, comme dans ce cas, quand ils doivent protéger leurs petits.

Cependant, si par hasard ils attaquent et goûtent du sang humain, ils deviennent dangereux, ils veulent y tâter de nouveau, et cessent d'être des animaux sauvages pour se changer en assassins. A Bescos, tout le monde pense que ce loup, un jour, attaquera encore.

« C'est mon histoire », se dit l'étranger.

Chantal allongeait le pas, elle était jeune, bien entraînée, et elle voulait voir cet homme s'essouffler, et ainsi avoir un avantage psychologique sur lui, voire l'humilier. Mais, même soufflant un peu, il restait à sa hauteur et il ne lui demanda pas de ralentir.

Ils arrivèrent à une petite hutte bien camouflée qui servait d'affût pour les chasseurs. Ils s'assirent en se frottant les mains pour les réchauffer.

– Que voulez-vous ? dit-elle. Pourquoi m'avez-vous passé ce billet ?

– Je vais vous proposer une énigme : de tous les jours de notre vie, quel est celui qui n'arrive jamais ?

Chantal ne sut que répondre.

– Le lendemain, dit l'étranger. Selon toute apparence, vous ne croyez pas que le lendemain va arriver et vous différez ce que je vous ai demandé. Nous arrivons à la fin de la semaine. Si vous ne dites rien, moi je le ferai.

Chantal quitta la hutte, s'éloigna un peu, ouvrit son sac de toile et en sortit le fusil. L'étranger fit comme s'il ne voyait rien.

– Vous avez touché au lingot, reprit-il. Si vous deviez écrire un livre sur cette expérience, croyez-vous que la majorité de vos lecteurs, avec toutes les difficultés qu'ils affrontent, les injustices dont ils souffrent, leurs problèmes matériels quotidiens, croyez-vous que tous ces gens souhaiteraient vous voir fuir avec le lingot ?

– Je ne sais pas, dit-elle en glissant une cartouche dans un canon du fusil.

– Moi non plus. C'est la réponse que j'attendais.

Chantal introduisit la seconde cartouche.

– Vous êtes prête à me tuer, ne cherchez pas à me tranquilliser avec cette histoire de loup. En fait, vous répondez ainsi à la question que je me pose : les êtres humains sont essentiellement méchants, une simple serveuse vivant dans un petit village est capable de commettre un crime pour de l'argent. Je vais mourir, mais à présent je connais la réponse et je meurs content.

– Tenez, dit Chantal en lui tendant le fusil. Personne ne sait que je suis au courant. Tous les renseignements de votre fiche d'hôtel sont faux. Vous pouvez partir quand vous voulez et, si j'ai bien compris, vous avez les moyens d'aller n'importe où dans le monde. Pas besoin d'être un tireur d'élite : il suffit de pointer le fusil vers moi et d'appuyer sur la détente. Ce fusil est chargé à chevrotines, du gros plomb qui sert à tirer le gros gibier et les êtres humains. Il provoque d'horribles blessures, mais vous pouvez détourner le regard si vous êtes impressionnable.

L'homme posa l'index sur la détente et braqua l'arme sur Chantal qui constata, tout étonnée, qu'il la tenait de façon correcte, comme un professionnel. Ils restèrent figés un long moment. Elle savait que le coup pouvait partir à l'improviste, il suffisait d'un faux mouvement provoqué par un bruit inattendu ou un cri d'animal. Et soudain elle se rendit compte combien son comportement était puéril : à quoi bon défier quelqu'un pour le simple plaisir de le provoquer, en disant qu'il n'était pas capable de faire ce qu'il exigeait des autres ?

L'étranger semblait pétrifié, en position de tir, ses yeux ne cillaient pas, ses mains ne tremblaient pas. Maintenant il était trop tard – même si, dans le fond, il était convaincu que ce ne serait pas une mauvaise chose que d'en finir avec cette demoiselle qui l'avait défié. Chantal ouvrit la bouche pour lui demander de lui pardonner, mais l'étranger abaissa l'arme avant qu'elle ne dise mot.

– C'est comme si je pouvais toucher votre peur, dit-il en lui tendant le fusil. Je sens l'odeur de la sueur qui perle par tous vos pores, malgré la pluie qui la dilue, et j'entends, malgré le bruissement des feuilles agitées par le vent, votre cœur qui cogne dans votre gorge.

– Je vais faire ce que vous m'avez demandé, dit Chantal, feignant de ne pas l'avoir entendu car il semblait trop bien la connaître. Après tout, vous êtes venu à Bescos parce que vous vouliez en savoir davantage sur votre propre nature, si vous étiez bon ou méchant. Pour le moins, je viens de vous montrer une chose : malgré tout ce que j'ai senti ou cessé de sentir tout à l'heure, vous auriez pu appuyer sur la détente et vous ne l'avez pas fait. Vous savez pourquoi ? Parce que vous êtes un lâche. Vous vous servez des autres pour résoudre vos propres conflits, mais vous êtes incapable d'assumer certaines attitudes.

– Un jour, un philosophe allemand a dit : « Même Dieu a un enfer : c'est Son amour de l'humanité. » Non, je ne suis pas lâche. J'ai déjà déclenché des mécanismes pires que celui de ce fusil : disons plutôt, j'ai fabriqué des armes bien meilleures que celle-ci et je les ai disséminées dans le monde. J'ai agi en toute légalité, avec l'aval du gouvernement pour mes transactions et des licences d'exportation en bonne et due forme. Je me suis marié avec la femme que j'aimais, elle m'a donné deux filles adorables, je n'ai jamais détourné un centime de mon entreprise et j'ai toujours su exiger ce qui m'était dû.

« Contrairement à vous, qui vous jugez persécutée par le destin, j'ai toujours été un homme capable d'agir, de lutter contre bien des adversités, de perdre certaines batailles, d'en gagner d'autres, mais capable aussi de comprendre que victoires et défaites font partie de la vie de chacun – sauf de celle des lâches, comme vous dites, car eux ne gagnent et ne perdent jamais.

« J'ai beaucoup lu. J'ai fréquenté l'église. J'ai craint Dieu, j'ai respecté Ses commandements. J'étais un industriel très bien rémunéré et je dirigeais une entreprise gigantesque. De plus, je recevais des commissions sur les contrats que je décrochais, si bien que j'ai gagné de quoi mettre à l'abri du besoin ma famille et tous mes descendants. Vous savez que la vente d'armes est ce qu'il y a de plus lucratif au monde. Je connaissais l'importance de chaque modèle que je vendais et c'est pourquoi je contrôlais personnellement mes affaires. J'ai découvert plusieurs cas de corruption, j'ai licencié les coupables, j'ai annulé les contrats douteux. Mes armes étaient fabriquées pour la défense de l'ordre, primordiale si l'on veut assurer le progrès et la construction du monde. Voilà ce que je pensais.

L'étranger s'approcha de Chantal, la prit par les épaules pour l'obliger à le regarder dans les yeux, lui faire comprendre qu'il disait la vérité.

– Vous pensez peut-être que les fabricants d'armes sont ce qu'il y a de pire au monde. Vous avez sans doute raison. Mais c'est un fait, depuis l'âge des cavernes, l'homme s'en sert – au début c'était pour tuer les animaux, ensuite pour conquérir le pouvoir sur les autres. Le monde a pu exister sans agriculture, sans élevage, sans religion, sans musique, mais il n'a jamais existé sans armes.

Il ramassa une pierre et la soupesa.

– Regardez : voici la première, offerte généreusement par notre Mère Nature à ceux qui avaient besoin de répondre aux attaques des animaux préhistoriques. Une pierre comme celle-ci a sans doute sauvé un homme et cet homme, après des générations et des générations, a permis que nous naissions, vous et moi. S'il n'avait pas eu cette pierre, un carnivore assassin l'aurait dévoré et des centaines de millions de personnes ne seraient pas nées.

Une rafale de pluie lui fouetta le visage, mais son regard ne dévia pas.

– Voyez comment vont les choses : beaucoup de gens critiquent les chasseurs, mais Bescos les accueille à bras ouverts parce qu'ils font marcher le commerce. Les gens en général détestent assister à une corrida, mais cela ne les empêche pas d'acheter de la viande de taureau provenant de l'abattoir en alléguant que celui-ci a eu une mort « honorable ». De même, il y a tous ceux qui réprouvent les fabricants d'armes – et pourtant ceux-ci continueront d'exister, parce que tant qu'il y aura une arme, une autre devra s'y opposer, sinon l'équilibre des forces serait dangereusement compromis.

– En quoi cela concerne-t-il mon village ? demanda Chantal. Qu'est-ce que cela a à voir avec la violation des commandements, avec le crime et le vol, avec l'essence de l'être humain, avec le Bien et le Mal ?

Le regard de l'étranger se voila, comme s'il était soudain en proie à une profonde tristesse.

– Rappelez-vous ce que je vous ai dit au début : j'ai toujours essayé de traiter mes affaires en accord avec les lois, je me considérais comme ce qu'on appelle « un homme de bien ». Un jour, au bureau, j'ai reçu un coup de téléphone : une voix de femme, douce mais sans la moindre émotion, m'annonçait que son groupe terroriste avait enlevé ma femme et mes filles. Il voulait comme rançon une grande quantité de ce que je pouvais leur fournir : des armes. La femme m'a demandé de garder le secret, m'a dit que rien de fâcheux n'arriverait à ma famille si je suivais les instructions qu'on me donnerait.

« La femme a raccroché après m'avoir dit qu'elle rappellerait une demi-heure plus tard et m'avoir demandé d'attendre dans une cabine téléphonique proche de la gare. Je m'y suis rendu et la même voix m'a répété de ne pas me faire de souci, ma femme et mes filles étaient bien traitées et seraient libérées à bref délai, il suffisait que j'envoie par fax un ordre de livraison à une de nos filiales. A vrai dire, il ne s'agissait même pas d'un vol, mais d'une fausse vente qui pouvait passer complètement à l'as, même dans la compagnie où je travaillais.

« Mais, en bon citoyen habitué à obéir aux lois et à se sentir protégé par elles, avant d'aller à la cabine, la première chose que j'ai faite, ç'a été d'appeler la police. Dans la minute qui a suivi, je n'étais déjà plus maître de mes décisions, je m'étais changé en une personne incapable de protéger sa famille, tout un réseau se mettait en batterie pour agir à ma place. Des techniciens s'étaient déjà branchés sur le câble souterrain de la cabine pour détecter le lieu exact d'où viendrait l'appel. Des hélicoptères s'apprêtaient à décoller, des voitures de police occupaient des lieux stratégiques, des troupes de choc étaient prêtes à intervenir.

« Deux gouvernements, immédiatement au courant, se sont contactés et accordés pour interdire toute négociation. Tout ce que je devais faire, c'était obéir aux ordres des autorités, donner aux ravisseurs les réponses qu'elles me dicteraient, me comporter en tous points comme me le demanderaient les spécialistes de la lutte antiterroriste.

« Avant même que la journée ne s'achève, un commando a donné l'assaut au repaire où étaient détenus les otages et criblé de balles les ravisseurs – deux hommes et une jeune femme, apparemment peu expérimentés, de simples comparses d'une puissante organisation politique. Mais, avant de mourir, ceux-ci avaient eu le temps d'exécuter ma femme et mes filles. Si même Dieu a un enfer, qui est Son amour de l'humanité, tout homme a un enfer à portée de la main et c'est l'amour qu'il voue à sa famille.

L'homme fit une pause : il craignait de perdre le contrôle de sa voix, révélant ainsi une émotion qu'il voulait cacher. Au bout d'un moment, s'étant ressaisi, il enchaîna :

– La police, tout comme les ravisseurs, s'est servie d'armes qui sortaient d'une de mes usines. Personne ne sait comment les terroristes se les sont procurées et cela n'a aucune importance ; ce qui compte, c'est qu'ils les ont utilisées pour tuer ma famille. Oui, malgré mes précautions, ma lutte pour que tout soit fait selon les règles de production et de vente les plus rigoureuses, ma femme et mes filles ont été tuées par quelque chose que j'avais vendu, à un moment donné, sans doute au cours d'un déjeuner d'affaires dans un restaurant de luxe, tout en parlant aussi bien du temps que de la mondialisation.

Nouvelle pause. Quand il reprit la parole, il semblait être un autre homme, qui parlait comme si ce qu'il disait n'avait aucun rapport avec lui :

– Je connais bien l'arme et le projectile qui ont tué ma famille et je sais où les assassins ont tiré : en pleine poitrine. En entrant, la balle ne fait qu'un petit trou, de la taille de votre petit doigt. Mais à peine a-t-elle touché le premier os, elle éclate en quatre fragments qui partent dans des directions différentes, détruisant les organes essentiels : cœur, reins, foie, poumons. Si un fragment touche quelque chose de résistant, une vertèbre par exemple, il change de direction, parachève la destruction interne et, comme les autres, ressort par un orifice grand comme un poing, en faisant gicler dans toute la pièce des débris sanguinolents de chair et d'os.

« Tout cela dure moins d'une seconde, une seconde pour mourir peut paraître insignifiante, mais le temps ne se mesure pas de cette façon. J'espère que vous comprenez.

Chantal acquiesça d'un hochement de tête.

– J'ai quitté mes fonctions à la fin de cette année-là. J'ai erré aux quatre coins du monde, en pleurant seul sur ma douleur, en me demandant comment l'être humain peut être capable de tant de méchanceté. J'ai perdu la chose la plus importante qu'un homme possède : la foi en son prochain. J'ai ri et pleuré à cette ironie de Dieu qui me montrait, d'une façon totalement absurde, que j'étais un instrument du Bien et du Mal.

« Toute ma compassion s'est évanouie et aujourd'hui mon cœur est sec : vivre ou mourir, aucune importance. Mais avant, au nom de ma femme et de mes filles, il me faut comprendre ce qui s'est passé dans ce repaire de terroristes. Je comprends qu'on puisse tuer par haine ou par amour, mais sans la moindre raison, simplement pour une basse question d'idéologie, comment est-ce possible ?

« Il se peut que toute cette histoire vous paraisse simpliste – en fin de compte, tous les jours des gens s'entre-tuent pour de l'argent –, mais ce n'est pas mon problème : je ne pense qu'à ma femme et à mes filles. Je veux savoir ce qui s'est passé dans la tête de ces terroristes. Je veux savoir si, un seul instant, ils auraient pu avoir pitié d'elles et les laisser partir, du moment que leur guerre ne concernait pas ma famille. Je veux savoir s'il existe une fraction de seconde, quand le Bien et le Mal s'affrontent, où le Bien peut l'emporter.

– Pourquoi Bescos ? Pourquoi mon village ?

– Pourquoi les armes de mon usine, alors qu'il y en a tant d'autres dans le monde, certaines sans aucun contrôle gouvernemental ? La réponse est simple : par hasard. J'avais besoin d'une petite localité, où tous se connaissent et s'entendent bien. Au moment où ils sauront quelle est la récompense, Bien et Mal se heurteront de nouveau et ce qui s'est passé se répétera dans votre village.

« Les terroristes étaient déjà encerclés, ils n'avaient aucune chance de s'en sortir. Cependant ils ont tué des innocentes pour accomplir un rituel inutile et aberrant. Votre village m'offre une chose que je n'avais pas eue : la possibilité d'un choix. Ses habitants sont en proie à la soif de l'argent, il leur est permis de croire qu'ils ont pour mission de protéger et de sauver Bescos – et en tout cas, de surcroît, ils ont la capacité de décider s'ils vont exécuter l'otage. Une seule chose m'intéresse : je veux savoir si d'autres individus pourraient agir d'une façon différente de celle de ces pauvres desperados sanguinaires.

« Comme je vous l'ai dit lors de notre première rencontre, un homme est l'histoire de toute l'humanité. Si la compassion existe, je comprendrai que le destin a été cruel à mon égard, mais que parfois il peut être miséricordieux à l'égard des autres. Cela ne changera en rien ce que je ressens, cela ne fera pas revenir ma famille, mais au moins cela va repousser le démon qui m'accompagne et me prive de toute espérance.

– Et pourquoi voulez-vous savoir si je suis capable de vous voler ?

– Pour la même raison. Peut-être divisez-vous le monde en crimes graves et crimes anodins : ce serait une erreur. A mon avis, les terroristes eux aussi divisaient le monde de cette façon. Ils croyaient qu'ils tuaient pour une cause, et non pas par plaisir, amour, haine, ou pour de l'argent. Si vous emportez le lingot d'or, vous devrez expliquer votre délit d'abord à vous-même, puis à moi, et je comprendrai comment les assassins ont justifié entre eux le massacre de mes êtres chers. Vous avez dû remarquer que, depuis des années, j'essaie de comprendre ce qui s'est passé. Je ne sais pas si cela m'apportera la paix, mais je ne vois pas d'autre solution.

– Si je volais le lingot, vous ne me reverriez plus jamais.

Pour la première fois, depuis presque une demi-heure qu'ils conversaient, l'étranger ébaucha un sourire.

– J'ai travaillé dans la manufacture d'armes. Cela implique des services secrets.

L'homme demanda à Chantal de le ramener à la rivière – il n'était pas sûr de retrouver son chemin seul. La jeune femme reprit le fusil – qu'elle avait emprunté à un ami sous prétexte qu'elle était très tendue, « peut-être que chasser un peu me calmera », lui avait-elle dit – et elle le remit dans le sac de toile.

Ils n'échangèrent aucun mot durant la descente. A l'approche de la rivière, l'homme s'arrêta.

– Au revoir, dit-il. Je comprends vos atermoie-ments, mais je ne peux plus attendre. J'avais compris aussi que, pour lutter contre vous-même, vous aviez besoin de mieux me connaître. Maintenant, vous me connaissez.

« Je suis un homme qui marche sur la terre avec un démon à ses côtés. Pour l'accepter ou le chasser une fois pour toutes, il me faut répondre à quelques questions.

8

La fourchette fit tinter un verre avec insistance. Tous ceux qui se trouvaient dans le bar, bondé ce vendredi soir, se tournèrent vers la source de ce bruit inattendu : c'était Mlle Prym qui demandait le silence. Jamais, à aucun moment de l'histoire du village, une fille qui n'était qu'une simple serveuse n'avait eu une telle audace. Tout le monde se tut immédiatement.

« Il vaudrait mieux qu'elle ait quelque chose d'important à dire, pensa la patronne de l'hôtel. Sinon, je la renvoie tout de suite, malgré la promesse que j'ai faite à sa grand-mère de ne jamais la laisser à l'abandon. »

– Ecoutez-moi, dit Chantal. Je vais vous raconter une histoire que tous vous connaissez déjà, sauf notre visiteur, ici présent. Ensuite je vous raconterai une histoire qu'aucun de vous ne connaît, sauf notre visiteur. Quand j'aurai terminé ces deux histoires, alors il vous appartiendra de juger si j'ai eu tort d'interrompre cette soirée de détente méritée, après une dure semaine de travail.

« Quel culot ! se dit le curé. Elle ne sait rien que nous, nous ne sachions. Elle a beau être une pauvre orpheline, une fille sans avenir, ça va être difficile de convaincre la patronne de l'hôtel de la garder à son service. Mais enfin, il faut la comprendre, nous commettons tous nos petits péchés, s'ensuivent deux ou trois jours de remords et puis tout est pardonné. Je ne connais personne dans ce village qui puisse occuper cet emploi. Il faut être jeune et il n'y a plus de jeunes à Bescos. »

– Bescos a trois rues, une petite place avec un calvaire, un certain nombre de maisons en ruine, une église et le cimetière à côté, commença Chantal.

– Un instant, intervint l'étranger.

Il retira un petit magnétophone de sa poche, le mit en marche et le posa sur sa table.

– Tout ce qui concerne l'histoire de Bescos m'intéresse. Je ne veux pas perdre un mot de ce que vous allez dire. J'espère ne pas vous déranger si je vous enregistre.

Peu importait à Chantal d'être enregistrée, il n'y avait pas de temps à perdre, depuis des heures elle luttait contre ses craintes, mais finalement elle avait trouvé le courage d'attaquer, et rien ne l'arrêterait.

— Bescos a trois rues, une petite place avec un calvaire, un certain nombre de maisons en ruine, d'autres bien conservées, un hôtel, une boîte aux lettres, une église et un petit cimetière à côté.

Au moins, cette fois, elle avait donné une description plus complète, elle se sentait plus sûre d'elle.

— Comme nous le savons tous, c'était un repaire de brigands jusqu'au jour où notre grand législateur, Ahab, que saint Savin avait converti, a réussi à le changer en ce village qui aujourd'hui n'abrite que des hommes et des femmes de bonne volonté.

« Ce que notre visiteur ne sait pas et que je vais rappeler maintenant, c'est comment Ahab a procédé pour mener à bien son projet. A aucun moment il n'a essayé de convaincre qui que ce soit, vu qu'il connaissait la nature des hommes : ils allaient confondre honnêteté et faiblesse et, partant, son pouvoir serait remis en question.

« Il a fait venir des charpentiers d'un village voisin, leur a donné une épure de ce qu'il voulait qu'ils construisent à l'endroit où se dresse aujourd'hui le calvaire. Jour et nuit, pendant dix jours, les habitants du village ont entendu scier, marteler, perforer, ils ont vu les artisans façonner des pièces de bois, chantourner des tenons et des mortaises.

Au bout de dix jours, toutes les pièces ont été ajustées pour former un énorme assemblage monté au milieu de la place, dissimulé sous une bâche. Ahab a invité tous les habitants de Bescos à assister à l'inauguration de l'ouvrage.

« D'un geste solennel, sans aucun discours, il a dévoilé le "monument" : c'était une potence, prête à fonctionner, avec une corde et une trappe. Enduite de cire d'abeille pour qu'elle résiste longtemps aux intempéries. Profitant de la présence de toute la population, Ahab a lu les textes de lois qui protégeaient les agriculteurs, encourageaient l'élevage de bovins, récompensaient ceux qui ouvriraient de nouveaux commerces à Bescos, et il a ajouté que, dorénavant, chacun devrait trouver un travail honnête ou quitter le village. Il s'est contenté de cette déclaration, il n'a pas dit un mot au sujet du "monument" qu'il venait d'inaugurer. Ahab était un homme qui ne croyait pas au pouvoir des menaces.

« La cérémonie terminée, des gens se sont attardés sur la place pour discuter : la plupart étaient d'avis qu'Ahab avait été leurré par le saint, qu'il n'avait plus sa vaillance de naguère, bref, qu'il fallait le tuer. Les jours suivants, des conjurés ont élaboré plusieurs plans pour y parvenir. Mais tous étaient obligés de contempler la potence au milieu de la place et ils se demandaient : "Qu'est-ce qu'elle fait là ? A-t-elle été montée pour exécuter ceux qui n'acceptent pas les nouvelles lois ? Qui est ou n'est pas du côté d'Ahab ? Y a-t-il des espions parmi nous ?"

« La potence regardait les hommes et les hommes regardaient la potence. Peu à peu, la bravoure initiale des rebelles a fait place à la peur. Tous connaissaient la renommée d'Ahab, ils savaient qu'il était implacable quand il s'agissait d'imposer ses décisions. Certains ont quitté le village, d'autres ont décidé d'expérimenter les nouvelles tâches qui leur avaient été suggérées, simplement parce qu'ils ne savaient pas où aller ou bien à cause de l'ombre de cet instrument de mort dressé sur la place. Au fil des ans, la paix s'est installée durablement à Bescos, la bourgade est devenue un grand centre commercial de la frontière, elle a commencé à exporter une laine de premier choix et du blé d'excellente qualité.

« La potence est restée là pendant dix ans. Le bois résistait bien, mais il a fallu changer la corde plusieurs fois. Elle n'a jamais servi. Jamais Ahab n'en a fait mention. Il a suffi de son image pour transformer la témérité en peur, la confiance en soupçon, les histoires de bravache en murmures d'acceptation. Au bout de dix ans, assuré que la loi prévalait à Bescos, Ahab a donné l'ordre de la détruire et d'utiliser son bois pour élever une croix à sa place.

Chantal fit une pause. Seul l'étranger osa rompre le silence en battant des mains.

– Une belle histoire, dit-il. Ahab connaissait réellement la nature humaine : ce n'est pas la volonté d'obéir aux lois qui fait que tous se comportent comme l'exige la société, mais la peur du châtiment. Chacun de nous porte en soi cette potence.

– Aujourd'hui, puisque l'étranger me l'a demandé, j'arrache cette croix et je plante une autre potence sur la place, enchaîna Chantal.

– Carlos, dit quelqu'un. Il s'appelle Carlos et ce serait plus poli de le désigner par son nom que de dire « l'étranger ».

– Je ne sais pas son nom. Tous les renseignements portés sur sa fiche d'hôtel sont faux. Il n'a jamais rien payé avec sa carte de crédit. Nous ne savons pas d'où il vient ni où il va. Même le coup de téléphone à l'aéroport est peut-être une feinte.

Tous se tournèrent vers l'homme, qui gardait les yeux fixés sur Chantal. Celle-ci reprit :

– Pourtant, quand il disait la vérité, vous ne l'avez pas cru. Il a réellement dirigé une manufacture d'armes, il a vécu des tas d'aventures, il a été plusieurs personnes différentes, du père affectueux au négociateur impitoyable. Vous qui habitez ici, vous ne pouvez pas comprendre que la vie est beaucoup plus complexe que vous ne le pensez.

« Il vaudrait mieux que cette petite dise tout de suite où elle veut en venir », songea la patronne de l'hôtel. Et, comme si elle l'avait entendue, Chantal enchaîna :

– Il y a quatre jours, il m'a montré dix lingots d'or. De quoi garantir le futur de tous les habitants de Bescos pour les trente années à venir, exécuter d'importantes rénovations dans le village, aménager une aire de jeux pour les enfants, dans l'espoir de les voir de nouveau égayer notre village. Ensuite, il les a cachés dans la forêt, je ne sais pas où.

Tous les regards des clients convergèrent de nouveau vers l'étranger qui, d'un signe de tête, confirma le récit de Chantal. Elle poursuivit :

– Cet or appartiendra à Bescos si, dans les trois jours qui viennent, quelqu'un d'ici est assassiné. Si personne ne meurt, l'étranger partira en remportant son trésor.

« Voilà, j'ai dit tout ce que j'avais à dire, j'ai remis la potence sur la place. Mais cette fois elle n'est pas là pour éviter un crime, elle attend maintenant qu'on y pende un innocent et le sacrifice de cet innocent assurera la prospérité de Bescos.

A l'appel muet des clients, l'étranger répondit par un nouveau signe de tête approbateur.

– Cette jeune femme sait raconter une histoire, dit-il en remettant le magnétophone dans sa poche après l'avoir éteint.

Chantal se remit à son travail, elle devait maintenant terminer son service. Le temps semblait s'être arrêté à Bescos, personne ne parlait, le silence était à peine troublé par le tintement des verres, le clapotis de l'eau qui coulait dans l'évier, le bruissement lointain du vent.

Soudain, le maire s'écria :

– Nous allons appeler la police.

– Excellente idée ! dit l'étranger. N'oubliez pas que j'ai tout enregistré. Moi, je me suis contenté de dire : « Cette jeune femme sait raconter une histoire. »

– Monsieur, je vous demande de monter à votre chambre, de faire vos bagages et de quitter immédiatement le village, ordonna la patronne de l'hôtel.

– J'ai payé une semaine, je vais rester une semaine. Inutile d'appeler la police.

– Avez-vous pensé que c'est vous qu'on peut assassiner ?

– Bien sûr. Et cela n'a aucune importance à mes yeux. Toutefois, si cela arrivait, vous tous commettriez un crime et vous ne toucheriez jamais la récompense promise.

Un à un, tous les clients quittèrent le bar, les plus jeunes d'abord. Chantal et l'étranger se retrouvèrent seuls. Elle prit son sac, enfila sa veste, se dirigea vers la porte. Avant de franchir le seuil, elle se retourna :

– Vous êtes un homme qui a souffert et qui réclame vengeance, dit-elle. Votre cœur est mort, votre âme erre dans les ténèbres. Le démon qui vous accompagne a le sourire, parce que vous êtes entré dans le jeu qu'il a réglé.

– Merci d'avoir fait ce que je vous ai demandé. Et d'avoir raconté cette intéressante et véridique histoire de la potence.

– Dans la forêt, vous m'avez dit que vous vouliez répondre à certaines questions, mais vous avez élaboré votre plan de telle façon que seule la méchanceté est récompensée. Si personne n'est assassiné, le Bien ne remportera que des louanges. Comme vous le savez, les louanges ne nourrissent pas les affamés et ne raniment pas des cités décadentes. En fait, vous ne voulez pas trouver la réponse à une question, mais voir confirmer une chose à laquelle vous voulez croire : tout le monde est méchant.

Le regard de l'étranger changea et Chantal s'en aperçut.

– Si tout le monde est méchant, enchaîna-t-elle, la tragédie par laquelle vous êtes passé se justifie. Il est plus facile d'accepter la perte de votre femme et de vos filles. Mais s'il existe des êtres bons, alors votre vie sera insupportable, quoique vous disiez le contraire. Car le destin vous a tendu un piège et vous savez que vous ne méritiez pas ce qu'il vous a réservé. Ce n'est pas la lumière que vous voulez retrouver, c'est la certitude que rien n'existe au-delà des ténèbres.

– Où voulez-vous en venir ? dit-il d'une voix un peu tremblante mais contrôlée.

– A un pari plus juste. Si, d'ici trois jours, personne n'est assassiné, vous remettrez au village les dix lingots. En récompense de l'intégrité de ses habitants.

L'étranger sourit.

– Et je recevrai mon lingot, pour prix de ma participation à ce jeu sordide.

– Je ne suis pas stupide. Si j'acceptais cette proposition, la première chose que vous feriez serait d'aller le raconter à tout le monde.

– C'est un risque. Mais je ne le ferai pas : je le jure sur la tête de ma grand-mère et sur mon salut éternel.

– Cela ne suffit pas. Personne ne sait si Dieu entend les serments ni s'il existe un salut éternel.

– Vous saurez que je ne l'ai pas fait, car j'ai planté une nouvelle potence au milieu du village. Il sera facile de déceler la moindre tricherie. En outre, même si demain à la première heure je sors pour répandre dans le village ce que nous venons de dire, personne ne me croira. Ce serait comme si quelqu'un débarquait à Bescos avec ce trésor en disant : « Regardez, cet or est à vous, que vous fassiez ou non ce que veut l'étranger. » Ces hommes et ces femmes sont habitués à travailler dur, à gagner à la sueur de leur front le moindre centime, et ils n'admettraient jamais qu'un pactole leur tombe du ciel.

L'étranger alluma une cigarette, but le reste de son verre, puis se leva de sa chaise. Chantal attendait la réponse, debout sur le seuil de la porte ouverte, frissonnant de froid.

– N'essayez pas de me berner, dit-il. Je suis un homme habitué à me mesurer aux êtres humains, tout comme votre Ahab.

– Je n'en doute pas. J'ai donc votre accord.

Une fois de plus ce soir-là, il se contenta d'acquiescer d'un signe de tête.

– Mais permettez-moi d'ajouter ceci : vous croyez encore que l'homme peut être bon. Sinon, vous n'auriez pas eu besoin de machiner cette provocation stupide pour vous convaincre vous-même.

Chantal referma la porte derrière elle et s'engagea dans la rue, complètement déserte, qui menait chez elle. Soudain, elle éclata en sanglots : malgré ses réticences, elle avait fini par se laisser entraîner elle aussi dans le jeu. Elle avait parié que les hommes étaient bons, en dépit de toute la méchanceté du monde. Jamais elle ne raconterait à quiconque son dernier entretien avec l'étranger, car maintenant elle aussi avait besoin de connaître le résultat.

Son instinct lui disait que, derrière les rideaux des maisons plongées dans l'obscurité, tous les yeux de Bescos la suivaient. Mais peu lui importait : il faisait trop sombre pour qu'ils puissent voir les larmes qui ruisselaient sur son visage.

9

L'homme rouvrit la fenêtre de sa chambre pour permettre à l'air froid de la nuit d'imposer silence à son démon quelques instants.

Mais rien ne pouvait calmer ce démon, plus agité que jamais, à cause de ce que la jeune femme venait de dire. Pour la première fois en plusieurs années, l'homme le voyait faiblir et, à plusieurs reprises, il remarqua qu'il s'éloignait, pour revenir aussitôt, ni plus fort, ni plus faible, comme à l'accoutumée. Il logeait dans l'hémisphère droit de son cerveau, à l'endroit précis qui gouverne la logique et le raisonnement, mais il ne s'était jamais laissé voir physiquement, c'est pourquoi l'homme était obligé d'imaginer son apparence. Il avait essayé de s'en donner toutes les représentations possibles, depuis le diable conventionnel avec queue, barbiche et cornes jusqu'à la petite fille blonde aux cheveux bouclés. Il avait fini par choisir l'image d'une jeune fille de vingt ans environ, vêtue d'un pantalon noir, d'un chemisier bleu et d'un béret vert bien ajusté sur ses cheveux noirs.

Il avait entendu sa voix pour la première fois sur une île où il était allé chercher l'oubli après s'être démis de ses fonctions. Il était sur la plage, à remâcher sa souffrance, tout en essayant désespérément de se convaincre que cette douleur aurait une fin, lorsqu'il vit le plus beau coucher de soleil de sa vie. Au même moment, le désespoir le reprit, plus fort que jamais, l'immergea au plus profond de son âme – ah ! comme il aurait voulu que sa femme et ses filles puissent contempler ce spectacle ! Il fondit en larmes, persuadé que plus jamais il ne remonterait du fond de ce puits.

A cet instant, une voix sympathique, cordiale, lui dit qu'il n'était pas seul, que tout ce qui lui était arrivé avait un sens – et ce sens c'était, justement, de montrer que le destin de chacun est tracé d'avance. La tragédie surgit toujours et rien de ce que nous faisons ne peut changer une ligne du mal qui nous attend.

« Le Bien n'existe pas : la vertu est seulement une des faces de la terreur, avait dit la voix. Quand l'homme comprend cela, il se rend compte que ce monde est tout au plus une plaisanterie de Dieu. »

Aussitôt, la voix, s'étant affirmée seule capable de connaître ce qui arrive sur la Terre, commença à lui montrer les gens qui se trouvaient sur la plage. L'excellent père de famille en train de démonter la tente et d'aider ses enfants à mettre des lainages, qui aurait aimé coucher avec sa secrétaire, mais qui était terrorisé d'avance par la réaction de sa femme. La femme qui aurait souhaité travailler et avoir son indépendance, mais qui était terrorisée par un époux tyrannique. Les enfants, auraient-ils été aussi gentils et bien élevés sans la terreur des punitions ? La jeune fille qui lisait un livre, seule sous un parasol, prenant un air blasé, alors que dans le fond elle était terrifiée à l'idée de rester vieille fille. Terrorisé, aussi, le jeune homme qui s'astreignait à un entraînement intensif pour répondre à l'attente de ses parents. Le garçon qui servait des cocktails tropicaux à des clients riches, souriant malgré sa terreur d'être congédié. La jeune fille, terrorisée par les critiques de ses voisins, qui avait renoncé à son rêve d'être danseuse et suivait des cours de droit. Le vieillard qui disait se sentir en pleine forme depuis qu'il ne buvait plus et ne fumait plus, alors que la terreur de la mort sifflait comme le vent à ses oreilles. Le couple qui gambadait dans les éclaboussures des vagues et dont les rires déguisaient leur terreur de devenir vieux, invalides, inintéressants. L'homme bronzé qui passait et repassait avec son hors-bord le long de la plage en souriant et en agitant la main, intérieurement terrifié à l'idée que ses placements en Bourse pouvaient s'effondrer à tout moment. Le propriétaire de l'hôtel qui observait de son bureau cette scène paradisiaque, soucieux du confort et du bonheur de ses clients, administrateur sourcilleux, mais miné par la terreur que les agents du fisc ne découvrent des irrégularités dans sa comptabilité.

En cette fin d'après-midi à couper le souffle, tous sur cette plage merveilleuse étaient en proie à la terreur. Terreur de se retrouver seul, terreur de l'obscurité qui peuplait de démons l'imagination, terreur de faire quelque chose de prohibé par le code des usages, terreur du jugement de Dieu, terreur des commentaires d'autrui, terreur d'une justice inflexible à la moindre faute, terreur de risquer et de perdre, terreur de gagner et d'être jalousé, terreur d'aimer et d'être repoussé, terreur de demander une augmentation, d'accepter une invitation, de se lancer dans l'inconnu, de ne pas réussir à parler une langue étrangère, de ne pas être capable d'impressionner les autres, de vieillir, de mourir, d'être remarqué pour ses défauts, de ne pas être remarqué pour ses qualités, de n'être remarqué ni pour ses défauts ni pour ses qualités.

Terreur, terreur, terreur. La vie était le régime de la terreur, l'ombre de la guillotine. « J'espère que vous voilà tranquillisé, lui avait murmuré le démon. Tout un chacun est terrorisé, vous n'êtes pas le seul. La seule différence, c'est que vous êtes déjà passé par le plus difficile, ce que vous craigniez le plus est devenu réalité. Vous n'avez rien à perdre, alors que ceux qui se trouvent sur cette plage vivent dans l'obsession d'une terreur : certains en sont plus ou moins conscients, d'autres essaient de l'ignorer, mais tous savent que cette terreur omniprésente finira par les submerger. »

Si incroyable que cela pût paraître, ces propos du démon l'avaient soulagé, comme si la souffrance d'autrui avait calmé sa douleur personnelle. Depuis lors, la présence du démon était devenue de plus en plus assidue. Il partageait sa vie et savoir qu'il s'était totalement emparé de son âme ne lui causait ni plaisir ni tristesse.

A mesure qu'il se familiarisait avec le démon, il s'efforçait d'en savoir davantage sur l'origine du Mal, mais aucune de ses questions ne recevait de réponse précise :

« Il est vain d'essayer de découvrir pourquoi j'existe. Si vous voulez une explication, vous pouvez vous dire que je suis la façon que Dieu a trouvée de Se punir pour avoir décidé, dans un moment de distraction, de créer l'Univers. »

Puisque le démon ne parlait guère de lui-même, l'homme se mit à chercher toutes les informations relatives à l'enfer. Il découvrit que, dans la plupart des religions, existait un « lieu de châtiment » où allait l'âme immortelle après avoir commis certains crimes contre la société (tout semblait être une question de société, non d'individu). Selon une croyance, une fois loin du corps, l'esprit franchissait une rivière, affrontait un chien, entrait par une porte qui se refermait derrière lui à jamais. L'usage étant d'ensevelir les cadavres, ce lieu de tourments était décrit comme un antre obscur situé à l'intérieur de la terre, où brûlait un feu perpétuel – les volcans en étaient la preuve – et c'est ainsi que l'imagination humaine avait inventé les flammes qui torturaient les pécheurs.

L'homme trouva une des plus intéressantes descriptions de la damnation dans un livre arabe où il était écrit que, une fois exhalée du corps, l'âme devait cheminer sur un pont effilé comme la lame d'un rasoir, avec à sa droite le paradis et à sa gauche une série de cercles qui conduisaient à l'obscurité interne de la Terre. Avant d'emprunter le pont (le livre ne disait pas où il conduisait), chacun tenait ses vertus dans la main droite et ses péchés dans la gauche – le déséquilibre le faisait tomber du côté où ses actes l'avaient entraîné.

Le christianisme parlait d'un lieu où s'entendait une rumeur de gémissements et de grincements de dents. Le judaïsme se référait à une caverne

114

intérieure ne pouvant recevoir qu'un nombre déterminé d'âmes – un jour l'enfer serait comble et le monde finirait. L'islam évoquait un feu où nous serions tous consumés, « à moins que Dieu ne désire le contraire ». Pour les hindous, l'enfer ne serait jamais qu'un lieu de tourments éternels, puisqu'ils croyaient que l'âme se réincarnait au bout d'un certain temps afin de racheter ses péchés au même endroit où elle les avait commis, c'est-à-dire en ce monde. Toutefois, ils dénombraient vingt et un lieux d'expiation, dans un espace qu'ils avaient l'habitude d'appeler les « terres inférieures ».

Les bouddhistes, de leur côté, faisaient des distinctions parmi les différents types de punition que l'âme pouvait subir : huit enfers de feu et huit de glace, sans compter un royaume où le damné ne sentait ni froid ni chaleur, mais souffrait d'une faim et d'une soif sans fin.

Cependant, rien ne pouvait se comparer à la prodigieuse variété d'enfers qu'avaient conçue les Chinois. A la différence de ce qui se passait dans les autres religions – qui situaient l'enfer à l'intérieur de la Terre –, les âmes des pécheurs allaient à une montagne appelée Petite Enceinte de Fer, elle-même entourée par une autre, la Grande Enceinte. Entre les deux existaient huit grands enfers superposés, chacun d'eux contrôlant seize petits enfers qui, à leur tour, contrôlaient dix millions d'enfers sous-jacents. Par ailleurs, les Chinois expliquaient que les démons étaient formés par les âmes de ceux qui avaient déjà purgé leur peine. Du reste, ils étaient les seuls à expliquer de façon convaincante l'origine des démons : ils étaient méchants parce qu'ils avaient souffert de la méchanceté dans leur propre chair et qu'ils voulaient maintenant l'inoculer aux autres, selon un cycle de vengeance éternel.

« C'est peut-être mon cas », se dit l'étranger, en se rappelant les paroles de Mlle Prym. Le démon aussi les avait entendues et il sentait qu'il avait perdu un peu de terrain difficilement conquis. La seule façon pour lui de se ressaisir, c'était de balayer le moindre doute dans l'esprit de l'étranger.

« Bien sûr, vous avez douté un instant, dit le démon. Mais la terreur persiste. J'ai bien aimé l'histoire de la potence, elle est significative : les hommes sont vertueux parce que la terreur les obnubile, mais leur essence est perverse, tous sont mes descendants. »

L'étranger tremblait de froid, mais il décida de laisser la fenêtre ouverte encore un moment.

– Mon Dieu, je ne méritais pas ce qui m'est arrivé. Puisque Vous m'avez frappé, j'ai le droit d'agir de même avec les autres. Ce n'est que justice.

Le démon frémit, mais il se garda de parler – il ne pouvait pas révéler que lui aussi était terrorisé. L'homme blasphémait contre Dieu et justifiait ses actes – mais c'était la première fois en deux ans que le démon l'entendait s'adresser aux cieux.

C'était mauvais signe.

10

« C'est bon signe », telle fut la première pensée de Chantal, réveillée par le klaxon de la fourgonnette du boulanger. Signe que la vie à Bescos continuait, uniforme, avec son pain quotidien, les gens allaient sortir, ils auraient tout le samedi et le dimanche pour commenter la proposition insensée qui leur avait été faite, et le lundi ils assisteraient – avec un certain remords – au départ de l'étranger. Alors, le soir même, elle leur parlerait du pari qu'elle avait fait en leur annonçant qu'ils avaient gagné la bataille et qu'ils étaient riches.

Jamais elle ne parviendrait à se changer en sainte, comme saint Savin, mais toutes les générations à venir l'évoqueraient comme la femme qui avait sauvé le village de la seconde visite du Mal. Peut-être inventeraient-elles des légendes à son sujet et, pourquoi pas ? les futurs habitants de la bourgade la décriraient sous les traits d'une femme très belle, la seule qui n'avait jamais abandonné

Bescos quand elle était jeune parce qu'elle savait qu'elle avait une mission à accomplir. Des dames pieuses allumeraient des bougies en son honneur, des jeunes hommes soupireraient pour l'héroïne qu'ils n'avaient pas pu connaître.

Elle ne put s'empêcher d'être fière d'elle-même, mais elle se rappela qu'elle devait tenir sa langue et ne pas mentionner le lingot qui lui appartenait, sinon les gens finiraient par la convaincre de partager son lot si elle voulait être reconnue comme une sainte.

A sa façon, elle aidait l'étranger à sauver son âme et Dieu prendrait cela en considération quand elle aurait à rendre compte de ses actes. Le destin de cet homme, toutefois, lui importait peu : pour l'instant, elle n'avait qu'une chose à faire, espérer que les deux jours à venir passent le plus vite possible, sans qu'elle se laisse aller à révéler le secret qui l'étouffait.

Les habitants de Bescos n'étaient ni meilleurs ni pires que ceux des localités voisines, mais, certainement, ils étaient incapables de commettre un crime pour de l'argent, oui, elle en était sûre. Maintenant que l'histoire était de notoriété publique, nul ne pouvait prendre une initiative isolée : d'abord parce que la récompense serait divisée en parts égales et elle ne connaissait personne qui pût prendre le risque d'essayer de s'approprier le profit des autres ; ensuite parce que, au cas où ils envisageraient de faire ce qu'elle jugeait impensable, ils devraient compter sur une complicité générale sans faille – à l'exception, peut-être, de la victime choisie. Si une seule personne s'exprimait contre le projet – et, à défaut d'une autre, elle serait cette personne –, les hommes et les femmes de Bescos risqueraient tous d'être dénoncés et arrêtés. Mieux vaut être pauvre et honoré que riche en prison.

Tout en descendant son escalier, Chantal se rappela que la simple élection du maire d'un petit village comme Bescos, avec ses trois rues et sa placette, suscitait déjà des discussions enflammées et des divisions internes. Lorsqu'on avait voulu faire un parc pour enfants, de telles dissensions avaient surgi que le chantier n'avait jamais été ouvert – les uns rappelant qu'il n'y avait plus d'enfants à Bescos, les autres soutenant bien haut qu'un parc les ferait revenir, à partir du moment où leurs parents, en séjour de vacances, remarqueraient les progrès réalisés. A Bescos, on débattait tout : la qualité du pain, les règlements de la chasse, l'existence ou non du loup maudit, le bizarre comportement de Berta et, sans doute, les rendez-vous secrets de la demoiselle Prym avec certains clients de l'hôtel, encore que jamais personne n'eût osé aborder le sujet devant elle.

Chantal se dirigea vers la fourgonnette avec l'air de celle qui, pour la première fois de sa vie, joue le rôle principal dans l'histoire du village. Jusqu'à présent, elle avait été l'orpheline désemparée, la fille qui n'avait pas réussi à se marier, la pauvre serveuse, la malheureuse en quête de compagnie. Mais ils ne perdaient rien pour attendre : encore deux jours et tous viendraient lui baiser les pieds, la remercier pour l'abondance et la prodigalité, peut-être la solliciter pour qu'elle accepte de se présenter aux prochaines élections municipales (et pourquoi ne pas rester encore quelque temps à Bescos afin de jouir de cette gloire fraîchement conquise ?).

Près de la fourgonnette s'était formé un groupe de clients silencieux. Tous se tournèrent vers Chantal, mais aucun ne lui adressa la parole.

— Qu'est-ce qui se passe ce matin ? demanda le commis boulanger. Quelqu'un est mort ?

— Non, répondit le forgeron. (Que faisait-il là de si bonne heure ?) Quelqu'un est malade et nous sommes inquiets.

Chantal ne comprenait pas ce qui se passait.

— Dépêchez-vous d'acheter votre pain, lança une voix. Ce garçon n'a pas de temps à perdre.

D'un geste machinal, elle tendit une pièce et prit son pain. Le commis lui rendit la monnaie, haussa les épaules comme si lui aussi renonçait à comprendre ce qui arrivait, se remit au volant et démarra.

– Maintenant c'est moi qui demande : qu'est-ce qui se passe dans ce village ? dit-elle, prise de peur, si bien qu'elle haussa le ton plus que la bienséance ne le permettait.

– Vous le savez bien, dit le forgeron. Vous voulez que nous commettions un crime en échange d'une grosse somme.

– Je ne veux rien ! J'ai fait seulement ce que cet homme m'a demandé ! Vous êtes tous devenus fous ?

– C'est vous qui êtes folle. Jamais vous n'auriez dû servir de messagère à ce détraqué ! Qu'est-ce que vous voulez ? Vous avez quelque chose à gagner avec cette histoire ? Vous voulez transformer ce village en un enfer, comme dans l'histoire que racontait Ahab ? Avez-vous oublié l'honneur et la dignité ?

Chantal frissonna.

– Oui, vous êtes devenus fous ! Est-il possible que l'un d'entre vous ait pris au sérieux la proposition ?

– Fichez-lui la paix, dit la patronne de l'hôtel. Allons plutôt prendre le petit déjeuner.

Peu à peu le groupe se dispersa. Chantal, une main crispée sur son pain, continuait de frissonner, incapable de faire un pas. Tous ces gens qui passaient leur temps à discuter entre eux étaient pour la première fois d'accord : elle était la coupable.

Non pas l'étranger, ni la proposition, mais elle, Chantal Prym, l'instigatrice du crime. Le monde avait-il perdu la tête ?

Elle laissa le pain à sa porte et dirigea ses pas vers la montagne. Elle n'avait pas faim, ni soif, ni aucune envie. Elle avait compris quelque chose de très important, quelque chose qui la remplissait de peur, d'épouvante, de terreur absolue.

Personne n'avait rien dit au commis boulanger.

Normalement, un événement comme celui de la veille aurait été commenté, ne fût-ce que sur le ton de l'indignation ou de la dérision, mais le commis, qui propageait les racontars dans tous les villages où il livrait le pain, était reparti sans savoir ce qui se passait à Bescos. Certes, ses clients venaient de se retrouver pour la première fois ce matin-là et personne n'avait eu le temps d'échanger et de commenter les nouvelles. Pourtant, ils étaient certainement tous au courant des péripéties de la soirée au bar. Donc ils avaient scellé, inconsciemment, une sorte de pacte de silence.

Ou bien cela pouvait signifier que chacune de ces personnes, dans son for intérieur, considérait l'inconsidérable, imaginait l'inimaginable.

Berta appela Chantal. Elle était déjà sur le seuil de sa porte, à surveiller le village – en vain puisque le péril était déjà entré, pire que ce qu'on pouvait imaginer.

– Je n'ai pas envie de bavarder, dit Chantal. Ce matin, je n'arrive pas à penser, à réagir, à dire quelque chose.

– Eh bien, contente-toi de m'écouter. Assieds-toi.

De tous ceux qu'elle avait rencontrés depuis son réveil, Berta était la seule à la traiter gentiment. Chantal se jeta dans ses bras et elles restèrent enlacées un moment. Berta reprit la parole :

– Va à la forêt, rafraîchis-toi les idées. Tu sais que le problème ne te concerne pas. Eux aussi le savent, mais ils ont besoin d'un coupable.

– C'est l'étranger !

– Toi et moi savons que c'est lui. Personne d'autre. Tous veulent croire qu'ils ont été trahis, que tu aurais dû raconter toute cette histoire plus tôt, que tu n'as pas eu confiance en eux.

– Trahis ?

– Oui.

– Pourquoi veulent-ils croire une chose pareille ?

– Réfléchis.

Chantal réfléchit : parce qu'ils avaient besoin d'un ou d'une coupable. D'une victime.

– Je ne sais pas comment va finir cette histoire, dit Berta. Les habitants de Bescos sont des gens de bien, quoique, toi-même l'as dit, un peu lâches. Pourtant, il serait peut-être préférable pour toi de passer un certain temps loin d'ici.

– Berta, vous voulez plaisanter ? Personne ne va prendre au sérieux la proposition de l'étranger.

125

Personne. Et d'abord, je n'ai pas d'argent, ni d'endroit où aller.

Ce n'était pas vrai : un lingot d'or l'attendait et elle pouvait l'emporter n'importe où dans le monde. Mais à aucun prix elle ne voulait y penser.

A ce moment-là, comme par une ironie du destin, l'homme passa devant elle, les salua d'un signe de tête et prit le chemin de la montagne comme il le faisait chaque matin. Berta le suivit du regard, tandis que Chantal essayait de vérifier si quelqu'un l'avait vu les saluer. Ce serait un prétexte pour dire qu'elle était sa complice. Dire qu'ils échangeaient des signes codés.

– Il a l'air préoccupé, dit Berta. C'est bizarre.

– Il s'est peut-être rendu compte que sa petite plaisanterie s'est changée en réalité.

– Non, c'est quelque chose qui va plus loin. Je ne sais pas ce que c'est, mais c'est comme si... non, je ne sais pas ce que c'est.

« Mon mari doit savoir », pensa Berta, agacée par la sensation d'une présence à son côté gauche, mais ce n'était pas le moment de bavarder avec lui.

– Je me souviens d'Ahab, dit-elle. D'une histoire qu'il racontait.

– Je ne veux plus entendre parler d'Ahab, j'en ai assez de toutes ces histoires ! Je veux seulement que le monde redevienne ce qu'il était, que

Bescos – avec tous ses défauts – ne soit pas détruit par la folie d'un homme !

– On dirait que tu aimes ce village plus qu'on ne le croit.

Chantal tremblait. Berta se contenta de la reprendre dans ses bras, la tête posée contre son épaule, comme si c'était la fille qu'elle n'avait jamais eue.

– Ecoute-moi. C'est une histoire au sujet du ciel et de l'enfer, que les parents autrefois transmettaient à leurs enfants mais qui aujourd'hui est tombée dans l'oubli. Un homme, son cheval et son chien cheminaient sur une route. Surpris par un orage, ils s'abritèrent sous un arbre gigantesque, mais un éclair frappa celui-ci et ils moururent foudroyés. Or l'homme ne perçut pas qu'il avait quitté ce monde et il reprit la route avec ses deux compagnons : il arrive que les morts mettent du temps à se rendre compte de leur nouvelle condition...

Berta pensa à son mari, qui insistait pour qu'elle incite la jeune femme à partir, car il avait quelque chose d'important à lui dire. Peut-être le moment était-il venu de lui expliquer qu'il était mort et qu'il ne devait pas interrompre l'histoire qu'elle racontait.

– L'homme, le cheval et le chien avançaient péniblement au flanc d'une colline, sous un soleil de plomb, ils étaient en nage et mouraient de soif. A un détour du chemin, ils aperçurent un portail magnifique, tout en marbre, qui donnait accès à une place pavée de blocs d'or, avec une fontaine au milieu d'où jaillissait une eau cristalline. L'homme s'adressa au garde posté devant l'entrée :

– Bonjour.

– Bonjour, répondit le garde.

– Dites-moi, quel est ce bel endroit ?

– C'est le ciel.

– Quelle chance nous avons d'être arrivés au ciel ! Nous mourons de soif.

– Monsieur, vous pouvez entrer et boire de l'eau à volonté, dit le garde en montrant la fontaine.

– Mon cheval et mon chien aussi ont soif.

– Je regrette, mais l'entrée est interdite aux animaux.

« L'homme avait grand-soif mais il ne boirait pas seul. Cachant son désappointement, il salua le garde et poursuivit son chemin avec ses compagnons. Après avoir beaucoup marché dans la montée de la colline, à bout de forces, ils arrivèrent à un endroit où un portillon délabré s'ouvrait sur un chemin de terre bordé d'arbres. A l'ombre d'un de ces arbres, un homme était couché, son chapeau sur le visage.

– Bonjour, dit le voyageur.

« L'homme n'était qu'assoupi et il répondit par un signe de tête.

– Nous mourons de soif, moi, mon cheval et mon chien.

– Vous voyez ces rochers, il y a une source au milieu, vous pouvez y boire à volonté.

« Lorsqu'il se fut désaltéré, avec son cheval et son chien, le voyageur s'empressa de remercier l'homme.

– Revenez quand vous voulez, dit celui-ci.

– Mais dites-moi, comment s'appelle ce lieu ?

– Ciel.

– Ciel ? Mais le garde du portail de marbre m'a dit que le ciel, c'était là-bas !

– Non, là-bas ce n'est pas le ciel, c'est l'enfer.

– Je ne comprends pas. Comment peut-on usurper le nom du ciel ! Cela doit provoquer une confusion dans les esprits et vous faire du tort ?

– Pas du tout. A vrai dire, c'est nous rendre un grand service : là-bas restent tous ceux qui sont capables d'abandonner leurs meilleurs amis...

Berta caressa la tête de la jeune femme et elle sentit que là le Bien et le Mal se livraient un combat sans trêve.

– Va dans la forêt et demande à la nature de t'indiquer la ville où tu devrais aller. Car j'ai le pressentiment que tu es prête à quitter tes amis et notre petit paradis enclavé dans les montagnes.

– Vous vous trompez, Berta. Vous appartenez à une autre génération. Le sang des criminels qui jadis peuplaient Bescos était plus épais dans leurs veines que dans les miennes. Les hommes et les femmes d'ici ont de la dignité. S'ils n'en ont pas, ils se méfient les uns des autres. Sinon, ils ont peur.

– D'accord, je me trompe. N'empêche, fais ce que je te dis, va écouter la nature.

Chantal partie, Berta se tourna vers le fantôme de son mari pour le prier de rester tranquille – elle savait ce qu'elle faisait, elle avait acquis de l'expérience avec l'âge, il ne fallait pas l'interrompre quand elle essayait de donner un conseil à une jeune personne. Elle avait appris à s'occuper d'elle-même et maintenant elle veillait sur le village.

Le mari lui demanda d'être prudente. De ne pas donner tous ces conseils à Chantal, vu que personne ne savait à quoi cette histoire allait mener.

Berta trouva bizarre cette remarque, car elle était persuadée que les morts savaient tout – c'était bien lui, n'est-ce pas, qui l'avait avertie du péril qui menaçait le village ? Il se faisait vieux, sans doute, avec de nouvelles manies en plus de celle de toujours manger sa soupe avec la même cuillère.

Le mari lui rétorqua que c'était elle la vieille, elle oubliait que les morts gardent toujours le même âge. Et que, même s'ils savaient certaines choses que les vivants ne connaissaient pas, il leur fallait un certain temps pour être admis dans le séjour des anges supérieurs. Lui était encore un mort de fraîche date (cela faisait moins de quinze ans), il avait encore beaucoup à apprendre, tout en sachant qu'il pouvait déjà donner d'utiles conseils.

Berta lui demanda si le séjour des anges supérieurs était agréable et confortable. Son mari répondit qu'il y était à l'aise, bien sûr ; au lieu de poser ce genre de question futile, elle ferait mieux de consacrer son énergie au salut de Bescos. Pour sa part, sauver Bescos ne l'intéressait pas spécialement – de fait, il était mort, personne n'avait encore abordé avec lui la question de la réincarnation, il avait simplement entendu dire qu'elle était possible, auquel cas il souhaitait renaître dans un lieu qu'il ne connaissait pas. Son vœu le plus cher était que sa femme vive dans le calme et le confort le reste de ses jours en ce monde.

« Alors, ne viens pas fourrer ton nez dans cette histoire », pensa Berta. Le mari n'accepta pas ce conseil. Il voulait, coûte que coûte, qu'elle fasse quelque chose. Si le Mal l'emportait, fût-ce dans une petite bourgade oubliée, il pouvait contaminer la vallée, la région, le pays, le continent, les océans, le monde entier.

11

Non seulement Bescos ne comptait que deux
cent quatre-vingt-un habitants, Chantal étant la
benjamine et Berta la doyenne, mais seules six
personnes pouvaient prétendre y jouer un rôle
important : la patronne de l'hôtel, responsable
du bien-être des touristes ; le curé, en charge des
âmes ; le maire, garant du respect des lois ; la
femme du maire, qui répondait pour son mari et
ses décisions ; le forgeron, qui avait été mordu
par le loup maudit et avait réussi à survivre ; le
propriétaire de la plupart des terres à l'entour
du village. D'ailleurs, c'était ce dernier qui
s'était opposé à la construction du parc pour
enfants, persuadé que – à long terme – Bescos
prendrait un grand essor, car c'était un lieu idéal
pour la construction de résidences de luxe.

Tous les autres habitants du village ne se
souciaient guère de ce qui arrivait ou cessait
d'arriver dans la commune, parce qu'ils avaient
des brebis, du blé, de quoi nourrir leurs familles.

Ils fréquentaient le bar de l'hôtel, allaient à la messe, obéissaient aux lois, bénéficiaient des services de quelques artisans et, parfois, pouvaient acheter un lopin de terre.

Le propriétaire terrien ne fréquentait jamais le bar. C'est l'une de ses employées, qui s'y trouvait la veille au soir, qui lui avait rapporté l'histoire de cet étranger logé à l'hôtel. Il s'agissait d'un homme riche, et elle aurait été prête à se laisser séduire, à avoir un enfant de lui pour l'obliger à lui donner une partie de sa fortune. Le propriétaire terrien, inquiet pour l'avenir et craignant que les propos de Mlle Prym se répandent en dehors du village, éloignant les chasseurs et les touristes, avait aussitôt convoqué les personnalités de Bescos. Au moment même où Chantal se dirigeait vers la forêt, où l'étranger se perdait dans une de ses promenades mystérieuses, où Berta bavardait, les notables se réunirent dans la sacristie de la petite église.

Le propriétaire prit la parole :

— La seule chose à faire, c'est d'appeler la police. Il est clair que cet or n'existe pas. A mon avis, cet homme tente de séduire mon employée.

— Vous ne savez pas ce que vous dites, parce que vous n'étiez pas là, répliqua le maire. L'or existe, la demoiselle Prym ne risquerait pas sa réputation sans une preuve concrète. Quoi qu'il en soit, nous devons appeler la police. Cet étranger est sûrement un bandit, quelqu'un dont la tête est mise à prix, qui essaie de cacher ici le produit de ses vols.

– Ne dites pas de sottises ! s'exclama la femme du maire. Si c'était le cas, il se montrerait plus discret.

– La question n'est pas là. Nous devons appeler la police immédiatement.

Tous finirent par tomber d'accord. Le curé servit du vin pour apaiser les esprits échauffés par la discussion. Mais, nouveau problème : que dire à la police, alors qu'ils n'avaient pas la moindre preuve contre l'étranger ? Toute l'affaire risquait de finir par l'arrestation de la demoiselle Prym pour incitation à un crime.

– La seule preuve, c'est l'or. Sans l'or, rien à faire.

C'était évident. Mais où était l'or ? Seule une personne l'avait vu mais ne savait pas où il était caché.

Le curé suggéra de mettre sur pied des équipes de recherche. La patronne de l'hôtel ouvrit le rideau de la fenêtre qui donnait sur le petit cimetière et montra le vaste panorama des montagnes de chaque côté de la vallée.

– Il faudrait cent hommes pendant cent ans.

Le riche propriétaire regretta en son for intérieur qu'on ait établi le cimetière à cet endroit : la vue était magnifique et les morts n'en tiraient aucun profit.

– A une autre occasion, j'aimerais parler avec vous du cimetière, dit-il au curé. Je peux offrir un emplacement bien meilleur pour les morts, en échange de ce terrain près de l'église.

– Qui voudrait l'acheter, y construire une maison et habiter là où gisaient les morts ?

– Personne du village, bien sûr. Mais il y a des citadins qui rêvent d'une résidence de vacances avec une large vue sur les montagnes. Il suffit de demander aux habitants de Bescos de ne pas parler de ce projet. Ce sera plus d'argent pour tout le village, plus d'impôts perçus par la mairie.

– Vous avez raison. Il suffira d'imposer silence à tous. Ce ne sera pas difficile.

Et soudain la discussion s'arrêta, comme si, de fait, chacun était réduit au silence. Un silence que personne n'osait rompre. Les deux femmes firent mine de contempler le panorama, le curé passa machinalement un chiffon sur une statuette de bronze, le propriétaire se servit un autre verre de vin, le forgeron relaça ses chaussures, le maire consulta sa montre à plusieurs reprises, comme si une autre réunion l'attendait.

Mais chacun semblait figé sur place : tous savaient que pas un seul des habitants de Bescos n'élèverait la voix pour s'opposer à la vente du terrain occupé par le cimetière. Tous trop contents de faire venir par ce moyen de nouveaux résidents dans leur village menacé de disparaître. Et sans gagner un centime personnellement.

Imaginez s'ils gagnaient...

Imaginez s'ils gagnaient l'argent suffisant pour le reste de leurs vies et de celles de leurs enfants...

Soudain, ils eurent l'impression qu'une bouffée d'air chaud se répandait dans la sacristie. Le curé se décida à rompre le silence qui pesait depuis cinq minutes :

– Qu'est-ce que vous proposez ?

Les cinq autres personnes présentes se tournèrent vers lui.

– Si nous sommes assurés que les habitants ne diront rien, je pense que nous pouvons poursuivre les négociations, répondit le riche propriétaire, en veillant à employer des mots qui pouvaient être bien ou mal interprétés, selon le point de vue.

– Ce sont de braves gens, travailleurs, discrets, enchaîna la patronne de l'hôtel, usant de la même rouerie. Ce matin même, par exemple, quand le commis boulanger a voulu savoir ce qui se passait, personne n'a rien dit. Je crois que nous pouvons leur faire confiance.

Nouveau silence. Mais, cette fois, c'était un silence oppressant, impossible à éluder. Il fallait continuer le jeu. Le forgeron se jeta à l'eau :

– Le problème, ce n'est pas la discrétion de nos concitoyens, mais le fait de savoir que faire cela est immoral, inacceptable.

– Faire quoi ?

– Vendre une terre sacrée.

Un soupir de soulagement général souligna ces mots : maintenant ils pouvaient engager une discussion morale, puisque le terrain était déblayé du point de vue pratique.

– Ce qui est immoral, c'est de voir notre Bescos en pleine décadence, dit la femme du maire. C'est d'avoir conscience que nous sommes les derniers à vivre ici et que le rêve de nos grands-parents et de nos ancêtres, d'Ahab et des Celtes, va s'achever dans quelques années. Bientôt, nous aussi nous quitterons le village, soit pour aller à l'hospice, soit pour supplier nos enfants de s'occuper de vieillards malades, déboussolés, incapables de s'adapter à la grande ville, regrettant ce qu'ils auront délaissé, chagrinés parce qu'ils n'auront pas su transmettre à la génération suivante l'héritage précieux que nous avons reçu de nos parents.

– Vous avez raison, ajouta le forgeron. Ce qui est immoral, c'est la vie que nous menons. Réfléchissez : quand Bescos sera en ruine, ces terres seront abandonnées ou vendues pour une bouchée de pain. Des bulldozers arriveront pour ouvrir de grands axes routiers. Les dernières maisons seront démolies, des entrepôts en acier remplaceront ce que nos ancêtres avaient construit à la sueur de leur front. L'agriculture sera mécanisée, les exploitants habiteront ailleurs, loin d'ici, et se contenteront de venir passer la journée dans leurs domaines. Quelle honte pour notre génération !

Nous avons laissé partir nos enfants, nous avons été incapables de les garder à nos côtés.

— Nous devons sauver ce village coûte que coûte, dit le riche propriétaire, qui était sans doute le seul à tirer profit de la décadence de Bescos puisqu'il pouvait tout acheter pour le revendre à une grande entreprise en réalisant un gros bénéfice — mais, même dans ces conditions, il n'avait pas intérêt à céder des terres où un trésor fabuleux était peut-être enfoui.

— Qu'en pensez-vous, monsieur le curé ? demanda la patronne de l'hôtel.

— La seule chose que je connaisse bien, c'est ma religion : elle enseigne que le sacrifice d'une seule personne a sauvé l'humanité.

Il fit une pause pour constater l'effet de ses paroles et, les autres n'ayant apparemment plus rien à dire, il enchaîna :

— Je dois me préparer pour la messe. Pourquoi ne pas nous retrouver en fin d'après-midi ?

L'air soulagé, soudain fébriles comme s'ils avaient quelque chose d'important à faire, tous se mirent d'accord pour fixer l'heure d'une nouvelle réunion. Seul le maire semblait avoir gardé son calme et, sur le seuil de la sacristie, il conclut d'un ton tranchant :

— Ce que vous venez de dire, monsieur le curé, est très intéressant. Un excellent thème pour votre sermon. Je crois que nous devons tous aller à la messe aujourd'hui.

12

Chantal marchait d'un pas décidé vers le rocher en forme de Y, pensant à ce qu'elle allait faire dès qu'elle aurait pris le lingot. Retourner à sa chambre, se changer, prendre ses papiers et son argent, descendre jusqu'à la route faire du stop. Le sort en était jeté : ces gens ne méritaient pas la fortune qu'ils avaient pourtant eue à leur portée. Pas de bagages : elle ne voulait pas qu'on sache qu'elle quittait Bescos pour toujours – Bescos et ses belles mais inutiles légendes, ses habitants bien braves mais poltrons, son bar bondé tous les soirs où les clients ressassaient les mêmes histoires, son église qu'elle ne fréquentait pas. Elle écarta l'idée que l'étranger pouvait l'avoir dénoncée, que la police l'attendait peut-être sur la route. Désormais, elle était disposée à courir tous les risques.

La haine qu'elle avait éprouvée une demi-heure plus tôt avait fait place à une pulsion plus agréable : l'envie de se venger.

Elle était contente d'être celle qui, pour la première fois, montrait à tous ces gens la méchanceté dissimulée au fond de leurs âmes ingénues et faussement bienveillantes. Tous rêvaient de la possibilité de commettre un crime – en fait, ils se contentaient de rêver, car jamais ils ne passeraient à l'acte. Ils dormiraient le reste de leurs pauvres existences en se répétant qu'ils étaient nobles, incapables d'une injustice, disposés à défendre à tout prix la dignité du village, mais en sachant que seule la terreur les avait empêchés de tuer un innocent. Ils se glorifieraient tous les matins d'avoir préservé leur intégrité et s'accuseraient tous les soirs d'avoir manqué la chance de leur vie.

Au cours des trois prochains mois, les conversations du bar ne rouleraient que sur un seul sujet : l'honnêteté des généreux habitants de Bescos. Ensuite, la saison de la chasse arrivée, ils passeraient un certain temps sans en parler – car les étrangers avaient une autre façon de voir les choses, ils aimaient avoir l'impression d'être dans un lieu isolé, où régnaient l'amitié et le bien, où la nature était prodigue, où les produits locaux proposés sur un petit éventaire – que la patronne de l'hôtel appelait « boutique » – avaient la saveur de la cordialité ambiante.

Mais une fois la saison de la chasse terminée, les habitants du village reviendraient à leur sujet de conversation favori. Toutefois, rongés par l'idée qu'ils avaient raté l'occasion de faire fortune, ils ne cesseraient plus d'imaginer ce qui aurait pu se passer : Pourquoi personne n'avait-il eu le courage, à la faveur de la nuit, de tuer Berta, cette vieille inutile, en échange de dix lingots d'or ? Pourquoi le berger Santiago, qui chaque matin faisait paître son troupeau dans la montagne, n'avait-il pas été victime d'un accident de chasse ? Ils envisageraient, d'abord calmement, puis avec rage, tous les moyens qu'ils avaient eus à leur disposition.

Dans un an, pleins de haine, ils s'accuseraient mutuellement de ne pas avoir pris l'initiative qui aurait assuré la richesse générale. Ils se demanderaient où était passée la demoiselle Prym, qui avait disparu sans laisser de traces, peut-être en emportant l'or que lui avait montré l'étranger. Ils ne la ménageraient pas, elle savait comment ils parleraient d'elle : l'orpheline, l'ingrate, la pauvre fille que tous s'étaient efforcés d'aider après la mort de sa grand-mère, qui avait eu la chance d'être engagée au bar alors qu'elle n'avait pas été fichue de décrocher un mari et de déménager, qui couchait avec des clients de l'hôtel, en général des hommes bien plus âgés qu'elle, qui clignait de l'œil à tous les touristes pour mendier un gros pourboire.

Ils passeraient le reste de leur vie entre l'auto-compassion et la haine. Chantal exultait, elle tenait sa vengeance. Jamais elle n'oublierait les regards de ces gens autour de la fourgonnette, implorant son silence pour un crime que, en aucun cas, ils n'oseraient commettre, et ensuite se retournant contre elle, comme si c'était elle qui avait percé à jour leur lâcheté et qu'il faille lui imputer cette faute.

Elle était arrivée : devant elle se dressait le Y rocheux. A côté, la branche dont elle s'était servie pour creuser deux jours plus tôt. Elle savoura le moment : d'un geste, elle allait changer une personne honnête en voleuse.

Elle, une voleuse ? Pas du tout. L'étranger l'avait provoquée, elle ne faisait que lui rendre la monnaie de sa pièce. Elle ne volait pas, elle touchait ce qui lui était dû pour avoir joué le rôle de porte-parole dans cette comédie de mauvais goût. Elle méritait l'or – et bien davantage – pour avoir vu les regards des assassins en puissance autour de la fourgonnette, pour avoir passé toute sa vie ici, pour les trois nuits d'insomnie qu'elle venait d'endurer, pour son âme désormais perdue – si tant est que l'âme existe, et la perdition.

Elle creusa là où la terre était ameublie et dégagea le lingot. Au même moment, un bruit la fit sursauter.

Quelqu'un l'avait suivie. Instinctivement, elle jeta quelques poignées de terre dans le trou, tout en sachant que ce geste ne servait à rien. Puis elle se retourna, prête à expliquer qu'elle cherchait le trésor, qu'elle savait que l'étranger se promenait en empruntant ce sentier et qu'aujourd'hui elle avait remarqué que la terre avait été remuée à cet endroit.

Mais ce qu'elle aperçut la laissa sans voix : une apparition qui n'avait rien à voir avec les trésors cachés, les discussions de village à propos de la justice. Un monstre avide de sang.

La tache blanche sur l'oreille gauche. Le loup maudit.

Il se tenait planté entre elle et l'arbre le plus proche : impossible de prendre ce chemin. Chantal se figea, hypnotisée par les yeux de l'animal ; sa tête était en ébullition, ses idées se bousculaient, que faire ? Se servir de la branche ? Non, elle était trop fragile pour repousser l'attaque de la bête. Monter sur l'amas rocheux ? Non, elle n'y serait pas à l'abri. Ne pas croire à la légende et affronter le monstre comme si c'était un loup quelconque isolé de sa bande ? Trop risqué, mieux valait admettre que les légendes recèlent toujours une vérité.

« Punition. »

Une punition injuste, comme tout ce qui lui était arrivé au cours de sa vie : Dieu semblait ne l'avoir choisie que pour assouvir Sa haine pour le monde.

D'un geste instinctif, elle laissa tomber la branche sur le sol et, avec l'impression de se mouvoir au ralenti, elle croisa les bras sur son cou pour le protéger. Elle regretta de ne pas avoir mis son pantalon de cuir, elle savait qu'une morsure à la cuisse pouvait la vider de son sang en dix minutes – c'est ce que lui avaient raconté les chasseurs.

Le loup ouvrit la gueule et grogna. Un grognement sourd, inquiétant ; ce n'était pas une simple menace, il allait attaquer. Chantal ne détourna pas les yeux, elle sentit son cœur battre plus vite : l'animal montrait ses crocs.

C'était une question de temps : ou bien il se jetait sur elle, ou bien il s'éloignait. Elle décida de foncer vers l'arbre pour y grimper, au risque d'être mordue au passage, elle saurait résister à la douleur.

Elle pensa à l'or. Se dit qu'elle reviendrait le chercher dès que possible. Pour cet or, elle était prête à souffrir dans sa chair, à voir son sang couler. Elle devait tenter de se réfugier dans l'arbre.

Tout à coup, comme dans un film, elle vit une ombre se profiler derrière le loup, à une certaine distance.

L'animal flaira cette présence mais ne bougea pas, comme cloué sur place par le regard de Chantal. L'ombre se rapprocha, c'était l'étranger qui se faufilait dans les taillis, penché vers le sol, en direction d'un arbre. Avant d'y grimper, il lança une pierre qui frôla la tête du loup. Celui-ci se retourna instantanément et bondit. Mais l'homme était déjà juché sur une branche, hors de portée des crocs de l'animal.

– Vite, faites comme moi ! cria l'étranger.

Chantal courut au seul refuge qui s'offrait, réussit, au prix de violents efforts, à se hisser elle aussi sur une branche. Elle poussa un soupir de soulagement, tant pis si elle perdait le lingot, l'important c'était d'échapper à la mort.

Au pied de l'autre arbre, le loup grognait rageusement, il bondissait, essayait vainement d'agripper le tronc.

– Cassez des branches, cria Chantal d'une voix désespérée. Non ! Pas pour les lancer, pour faire une torche !

L'étranger comprit ce qu'elle voulait. Il fit un faisceau de branches mais dut s'y reprendre à plusieurs reprises pour l'enflammer avec son briquet car le bois était vert et humide.

Chantal suivait attentivement ses gestes. Le sort de cet homme lui était indifférent, il pouvait rester là, en proie à cette peur qu'il voulait imposer au monde, mais elle, pour échapper à la mort et réussir à s'enfuir, elle était bien obligée de l'aider.

– Maintenant, montrez que vous êtes un homme ! cria-t-elle. Descendez et tenez le loup à distance avec la torche !

L'homme semblait paralysé.

– Descendez ! Vite !

Cette fois, l'étranger réagit et se plia à l'autorité de cette voix – une autorité qui venait de la terreur, de la capacité de réagir rapidement, de remettre la peur et la souffrance à plus tard. Il sauta à terre en brandissant la torche, sans se soucier des flammèches qui atteignaient son visage.

– Ne le quittez pas des yeux !

L'homme braqua la torche sur le loup qui grondait et montrait ses crocs.

– Attaquez-le !

L'homme fit un pas en avant, un autre, et le loup commença à reculer. Il agita la torche totalement embrasée et soudain l'animal cessa de grogner, virevolta et s'enfuit à toute allure. En un clin d'œil il disparut dans les taillis. Aussitôt, Chantal descendit à son tour de son arbre.

– Partons, dit l'étranger. Vite !

– Pour aller où ?

Retourner au village, où tous les habitants les verraient arriver ensemble ? Tomber dans un piège, auquel cette fois le feu ne permettrait pas d'échapper ?

Sous l'effet soudain d'une violente douleur dans le dos, elle s'écroula sur le sol, le cœur battant la chamade.

– Allumez un feu. Laissez-moi me reprendre.

Elle essaya de bouger, poussa un cri – comme si on lui avait planté un poignard dans l'épaule.

L'étranger alluma en hâte un petit feu. Chantal se tordait de douleur et gémissait, sans doute s'était-elle blessée en grimpant à l'arbre.

— Laissez-moi vous masser, dit l'étranger. A mon avis, vous n'avez rien de cassé. Juste un muscle froissé, vous étiez très tendue et vous avez dû faire un faux mouvement.

— Ne me touchez pas ! Restez où vous êtes ! Ne m'adressez pas la parole !

Douleur, peur, honte. Elle était sûre qu'il l'avait vue déterrer l'or. Il savait – parce que le démon était son compagnon, et les démons sondent les âmes – que cette fois Chantal allait le voler.

Tout comme il savait qu'au même moment tous les habitants du village envisageaient de commettre le crime. Savait aussi qu'ils ne feraient rien, parce qu'ils avaient peur, mais leur vague intention suffisait pour répondre affirmativement à sa question : oui, l'homme est foncièrement méchant. Comme il était sûr que Chantal allait s'enfuir, le pacte qu'ils avaient conclu la veille ne signifiait plus rien et il pourrait reprendre son errance dans le monde, avec son trésor intact, conforté dans ses convictions.

Chantal essaya de trouver la position la plus commode pour s'asseoir : peine perdue, elle était réduite à l'incapacité de faire le moindre geste. Le feu allait maintenir le loup à distance, mais il risquait d'attirer l'attention des bergers qui faisaient paître leurs troupeaux dans le secteur. Ils la verraient en compagnie de l'étranger.

Elle se rappela que c'était samedi, elle sourit en pensant aux habitants de Bescos à cette heure-là, repliés dans leurs logis étriqués pleins de bibelots horribles et de statuettes en plâtre, décorés de chromos ; d'ordinaire, ils s'ennuyaient, mais en cette fin de semaine ils devaient croire que leur était enfin offerte la meilleure occasion de se distraire depuis longtemps.

– Taisez-vous !

– Je n'ai rien dit.

Chantal avait envie de pleurer mais, ne voulant céder à aucune faiblesse devant l'étranger, elle contint ses larmes.

– Je vous ai sauvé la vie. Je mérite ce lingot.

– Je vous ai sauvé la vie. Le loup allait se jeter sur vous.

C'était vrai.

– D'un autre côté, enchaîna l'étranger, je reconnais que vous avez sauvé quelque chose en moi.

Un stratagème. Il allait feindre qu'il n'avait pas compris et ainsi se donner le droit de repartir avec sa fortune. Point final.

Mais l'étranger ajouta :

– La proposition d'hier. Je souffrais tellement que j'avais besoin de voir les autres souffrir comme moi : ma seule consolation. Vous avez raison.

Le démon de l'étranger n'appréciait guère les propos qu'il entendait. Il demanda au démon de Chantal de l'aider, mais celui-ci n'accompagnait la jeune femme que depuis peu et n'exerçait pas encore sur elle un contrôle total.

— Est-ce que cela change quelque chose ? dit-elle.

— Rien. Le pari est toujours valide et je sais que je vais gagner. Mais je comprends le misérable que je suis, tout comme je comprends pourquoi je suis devenu misérable : parce que je suis persuadé que je ne méritais pas ce qui m'est arrivé.

Chantal n'avait plus qu'un souci . partir le plus vite possible.

— Eh bien moi, je pense que je mérite mon or et je vais le prendre, à moins que vous ne m'en empêchiez, dit-elle. Je vous conseille de faire la même chose. Pour ma part, je n'ai pas besoin de retourner à Bescos, je rejoins directement la grand-route. C'est ici et maintenant que nos destinées se séparent.

— Partez si vous voulez. Mais en ce moment les habitants du village délibèrent du choix de la victime.

— C'est possible. Mais ils vont discuter jusqu'à ce que le délai s'achève. Ensuite, ils passeront deux ans à se chamailler pour savoir qui aurait dû mourir. Ils sont indécis à l'heure d'agir et implacables à l'heure d'incriminer les autres – je connais mon village. Si vous n'y retournez pas, ils ne se donneront même pas la peine de discuter : ils diront que j'ai tout inventé.

— Bescos est une localité comme les autres. Ce qui s'y passe arrive partout dans le monde où des humains vivent ensemble, petites ou grandes villes, campements et même couvents. Mais c'est une chose que vous ne comprenez pas, de même que vous ne comprenez pas que cette fois le destin a œuvré en ma faveur : j'ai choisi la personne idéale pour m'aider. Quelqu'un qui, derrière son apparence de femme travailleuse et honnête, veut comme moi se venger. A partir du moment où nous ne pouvons pas voir l'ennemi — car si nous allons jusqu'au fond de cette histoire, c'est Dieu, le véritable ennemi, Lui qui nous a imposé nos tribulations —, nous rejetons nos frustrations sur tout ce qui nous entoure. Un appétit de vengeance qui n'est jamais rassasié parce qu'il attente à la vie même.

— Epargnez-moi vos discours, dit Chantal, irritée de voir que cet homme, l'être qu'elle haïssait le plus au monde, lisait jusqu'au fond de son âme. Allons, prenez vos lingots, moi le mien et partons !

— En effet, hier je me suis rendu compte qu'en vous proposant ce qui me répugne — un assassinat sans mobile, comme c'est arrivé pour ma femme et mes filles —, à vrai dire je voulais me sauver. Vous vous rappelez le philosophe que j'ai cité lors de notre deuxième conversation ? Celui qui disait que l'enfer de Dieu réside précisément dans Son amour de l'humanité, parce que l'attitude humaine Le tourmente à chaque seconde de Sa vie éternelle ? Eh bien, ce même philosophe a dit également : « L'homme a besoin de ce qu'il y a de pire en lui pour atteindre ce qu'il y a de meilleur en lui. »

– Je ne comprends pas.

– Avant, je ne pensais qu'à me venger. Comme les habitants de votre village, je rêvais, je tirais des plans sur la comète jour et nuit – et je ne faisais rien. Pendant un certain temps, grâce à la presse, j'ai suivi l'histoire de personnes qui avaient perdu des êtres chers dans des circonstances analogues et qui avaient fini par agir d'une façon exactement opposée à la mienne : ils avaient mis sur pied des comités de soutien aux victimes, créé des associations pour dénoncer les injustices, lancé des campagnes pour prouver que la douleur d'un deuil ne peut jamais être abolie par la vengeance. J'ai essayé, moi aussi, de regarder les choses avec des yeux plus généreux : je n'y suis pas parvenu. Mais maintenant que j'ai pris mon courage à deux mains, que je suis arrivé à cette extrémité, j'ai découvert, là tout au fond, une lumière.

– Continuez, dit Chantal, qui de son côté entrevoyait une lueur.

– Je ne veux pas prouver que l'humanité est perverse. Je veux prouver, de fait, que, inconsciemment, j'ai demandé les choses qui me sont arrivées – parce que je suis méchant, un homme totalement dégénéré, et j'ai mérité le châtiment que la vie m'a infligé.

– Vous voulez prouver que Dieu est juste.

L'étranger réfléchit quelques instants.

– C'est possible.

– Moi, je ne sais pas si Dieu est juste. En tout cas Il n'a pas été très correct avec moi et ce qui a miné mon âme, c'est cette sensation d'impuissance. Je n'arrive pas à être bonne comme je le voudrais, ni méchante comme à mon avis je le devrais. Il y a quelques minutes, je pensais que Dieu m'avait choisie pour Se venger de toute la tristesse que les hommes Lui causent. Je suppose que vous avez les mêmes doutes, certes à une échelle bien plus grande : votre bonté n'a pas été récompensée.

Chantal s'écoutait parler, un peu étonnée de se dévoiler ainsi. Le démon de l'étranger remarqua que l'ange de la jeune femme commençait à briller plus intensément et que la situation était en train de s'inverser du tout au tout.

« Réagis », souffla-t-il à l'autre démon.

« Je réagis, mais la bataille est rude. »

– Votre problème n'est pas exactement la justice de Dieu, dit l'étranger. Mais le fait que vous avez toujours choisi d'être une victime des circonstances.

– Comme vous, par exemple.

– Non. Je me suis révolté contre quelque chose qui m'est arrivé et peu m'importe que les gens aiment ou n'aiment pas mon comportement. Vous, au contraire, vous avez cru en ce rôle de l'orpheline, désemparée, qui désire être acceptée coûte que coûte. Comme ce n'est pas toujours possible, votre besoin d'être aimée se change en une soif sourde de vengeance. Dans le fond, vous souhaitez être comme les autres habitants de Bescos – d'ailleurs, dans le fond, nous voudrions tous être pareils aux autres. Mais le destin vous a donné une histoire différente.

Chantal hocha la tête en signe de dénégation.

« Fais quelque chose, dit le démon de Chantal à son compagnon. Elle a beau dire non, son âme comprend, et elle dit oui. »

Le démon de l'étranger se sentait humilié, parce que l'autre avait remarqué qu'il n'était pas assez fort pour imposer silence à l'homme.

« Les mots ne mènent nulle part, répondit-il. Laissons-les parler, car la vie se chargera de les faire agir de façon différente. »

– Je ne voulais pas vous interrompre, enchaîna l'étranger. Je vous en prie, parlez-moi encore de la justice de Dieu selon vous.

Satisfaite de ne plus avoir à écouter des propos qui la désobligeaient, Chantal reprit la parole :

– Je ne sais pas si je vais me faire comprendre. Mais vous avez dû remarquer que Bescos n'est pas un village très religieux, même s'il y a une église, comme dans toutes les bourgades de la région. Peut-être parce que Ahab, quoique converti par saint Savin, mettait en cause l'influence des prêtres : comme la plupart des premiers habitants étaient des scélérats, il estimait que le rôle des curés se réduirait à les inciter de nouveau au crime par des menaces de tourment. Des hommes qui n'ont rien à perdre ne pensent jamais à la vie éternelle.

« Dès que le premier curé s'installa, Ahab comprit qu'il y avait ce risque. Pour y parer, il institua ce que les Juifs lui avaient enseigné : le jour du pardon. Mais il décida de lui donner un rituel à sa façon.

« Une fois par an, les habitants s'enfermaient chez eux, établissaient deux listes, puis se dirigeaient vers la montagne la plus haute où ils lisaient la première liste à l'adresse des cieux : "Seigneur, voici les péchés que j'ai commis contre Ta loi. Vols, adultères, injustices et autres péchés capitaux. J'ai beaucoup péché et je Te demande pardon de T'avoir tant offensé."

« Ensuite – et c'était la trouvaille d'Ahab – les habitants tiraient de leur poche la seconde liste et la lisaient de même à l'adresse des cieux : "Toutefois, Seigneur, voici les péchés que Tu as commis à mon encontre : Tu m'as fait travailler plus que le nécessaire, ma fille est tombée malade malgré

156

mes prières, j'ai été volé alors que je voulais être honnête, j'ai souffert sans raison."

« Après avoir lu la seconde liste, ils complétaient le rituel : "J'ai été injuste envers Toi et Tu as été injuste envers moi. Cependant, comme c'est aujourd'hui le jour du pardon, Tu vas oublier mes fautes comme j'oublierai les Tiennes et nous pourrons continuer ensemble un an de plus."

– Pardonner à Dieu, dit l'étranger. Pardonner à un Dieu implacable qui ne cesse de construire pour mieux détruire.

– Notre conversation prend un tour qui ne me plaît guère, dit Chantal en regardant au loin. Je n'ai pas assez appris de la vie pour prétendre vous enseigner quelque chose.

L'étranger garda le silence.

« Je n'aime pas ça du tout », pensa le démon de l'étranger en voyant poindre une lumière à ses côtés, une présence qu'en aucun cas il ne pouvait admettre. Il avait déjà écarté cette lumière deux ans plus tôt, sur l'une des plus belles plages de la planète.

13

Au cours des siècles, divers facteurs avaient marqué la vie de Bescos : légendes à profusion, influences celtes et protestantes, mesures prises par Ahab, présence de bandits dans les environs, et c'est pourquoi le curé estimait que sa paroisse n'était pas vraiment religieuse. Certes, les habitants assistaient à certaines cérémonies, surtout les enterrements – il n'y avait plus de baptêmes et les mariages étaient de plus en plus rares – et la messe de Noël. Mais seules quelques bigotes entendaient les deux messes hebdomadaires, le samedi et le dimanche à onze heures du matin. Si cela n'avait tenu qu'à lui, le curé aurait supprimé celle du samedi, mais il fallait justifier sa présence et montrer qu'il exerçait son ministère avec zèle et dévotion.

A sa grande surprise, ce matin-là, l'église était archicomble et le curé perçut qu'une certaine tension régnait dans la nef. Tout le village se pressait sur les bancs et même dans le chœur, sauf la demoiselle Prym – sans doute honteuse de ce qu'elle avait dit la veille au soir – et la vieille Berta que tous soupçonnaient d'être une sorcière allergique à la religion.

– Au nom du Père, du Fils et du Saint-Esprit.

– Amen, répondirent en chœur les fidèles.

Le curé entama la célébration de la messe. Après le *Kyrie* et le *Gloria*, la dévote habituelle lut une épître, puis le curé lut l'évangile du jour. Enfin, le moment du sermon arriva.

– Dans l'Evangile de saint Luc, il y a un moment où un homme important s'approche de Jésus et lui demande : « Bon maître, que dois-je faire pour avoir en héritage la vie éternelle ? » Et Jésus donne cette réponse surprenante : « Pourquoi m'appelles-tu bon ? Nul n'est bon que Dieu seul. »

« Pendant des années, je me suis penché sur ce petit fragment de texte pour essayer de comprendre ce qu'avait dit Notre-Seigneur : Qu'il n'était pas bon ? Que le christianisme, avec son idéal de charité, est fondé sur les enseigne-ments de quelqu'un qui se considérait comme méchant ? Jusqu'au jour où j'ai enfin compris : le Christ, à ce moment-là, se réfère à sa nature humaine. En tant qu'homme, il est méchant ; en tant que Dieu, il est bon.

Le curé fit une pause pour laisser les fidèles méditer le message. Il se mentait à lui-même : il n'avait toujours pas compris ce que le Christ avait dit car si, dans sa nature humaine, il était méchant, ses paroles et ses actes devaient l'être aussi. Mais c'était là une discussion théologique qu'il ne devait pas soulever pour l'instant ; l'important était d'être convaincant.

– Aujourd'hui, je ne vais pas m'étendre sur ce sujet. Je veux que vous tous compreniez qu'en tant qu'êtres humains nous devons accepter d'avoir une nature inférieure, perverse ; et si nous avons échappé à la damnation éternelle, c'est seulement parce que Jésus s'est laissé sacrifier pour sauver l'humanité. Je répète : le sacrifice du fils de Dieu nous a sauvés. Le sacrifice d'une seule personne.

« Je veux conclure ce sermon en vous rappelant le début d'un des livres de l'Ancien Testament, le livre de Job. Un jour où les Fils de Dieu venaient se présenter devant l'Eternel, Satan aussi s'avançait parmi eux et l'Eternel lui dit :

– D'où viens-tu ?

– De parcourir la Terre et de m'y promener, répondit Satan.

« Et Dieu reprit : "As-tu remarqué mon serviteur Job ? Il n'a point son pareil sur la terre : c'est un homme intègre et droit qui craint Dieu et s'écarte du mal !"

« Et Satan de répliquer : "Est-ce pour rien que Job craint Dieu ? Tu as béni toutes ses entreprises.

Mais étends la main et touche à tout ce qu'il possède : je gage qu'il Te maudira en face."

« Dieu accepta la proposition. Année après année, Il châtia celui qui l'aimait le plus. Job subissait un pouvoir qu'il ne comprenait pas, qu'il croyait être la justice suprême, mais qui lui prenait ses troupeaux, tuait ses enfants, couvrait son corps d'ulcères. Jusqu'au jour où, à bout de souffrances, Job se révolta et blasphéma contre Dieu. Alors seulement Dieu lui rendit tout ce qu'il lui avait retiré.

« Depuis des années nous assistons à la décadence de ce village. A présent, je pense que ce n'est pas la conséquence d'un châtiment divin, pour la simple raison que nous acceptons toujours ce qui nous est donné sans réclamer, comme si nous méritions de perdre le lieu que nous habitons, les champs que nous cultivons, les maisons qui ont été construites avec les rêves de nos ancêtres. Dites-moi, mes frères, le moment n'est-il pas venu de nous rebeller ? Dieu n'est-il pas en train de nous soumettre à la même épreuve que Job a subie ?

« Pourquoi Dieu a-t-Il traité Job de cette façon ? Pour lui prouver que sa nature, au fond, était mauvaise et que, même s'il avait un bon comportement, il ne devait tout ce qu'il possédait qu'à Sa grâce. Nous avons péché par orgueil en nous jugeant trop bons – voilà pourquoi nous sommes punis.

« Dieu a accepté la proposition de Satan et – apparemment – Il a commis une injustice. Ne l'oubliez pas : Dieu a accepté la proposition du démon. Et Job a compris la leçon, parce que, comme nous, il péchait par orgueil en croyant qu'il était un homme bon. Or, "personne n'est bon", dit le Seigneur. Personne. Cessons donc de feindre une bonté qui offense Dieu et acceptons nos fautes. Si un jour nous devons accepter une proposition du démon, nous nous rappellerons que le Seigneur, qui est dans les cieux, l'a fait pour sauver l'âme de Job, Son serviteur. »

Le sermon était terminé. Avant de continuer de célébrer la messe, le curé demanda à tous les fidèles de rester debout, il était sûr d'avoir réussi à faire passer le message.

14

— Allons-nous-en. Chacun de son côté, moi avec mon lingot d'or, vous...

– *Mon* lingot d'or, trancha l'étranger.

– Vous, il vous suffit de prendre votre sac à dos et de disparaître. Si je ne garde pas cet or, je devrai retourner à Bescos. Je serai congédiée, ou couverte d'infamie par toute la population. Tout le monde croira que j'ai menti. Vous n'avez pas le droit, simplement vous ne pouvez pas me faire une chose pareille. J'ai fait ma part, je mérite d'être récompensée.

L'étranger se mit debout, ramassa quelques branches, en fit une torche qu'il enflamma.

– Le loup aura toujours peur du feu, n'est-ce pas ? Moi, je retourne à l'hôtel. Faites ce que vous jugez bon, volez, prenez la fuite, cela ne me regarde plus. J'ai autre chose d'important à faire.

– Un instant, ne me laissez pas seule ici !

– Alors venez avec moi.

Chantal regarda le feu, le rocher en forme de Y, l'étranger qui s'éloignait avec sa torche.

– Attendez-moi ! cria-t-elle.

Prise de panique, elle déterra le lingot, le contempla un instant, le remit en place, à son tour ramassa quelques branches pour en faire une torche et courut dans la direction qu'avait prise l'étranger. Elle se sentait déborder de haine. Elle avait rencontré deux loups le même jour, l'un qui avait peur du feu, l'autre qui n'avait plus peur de rien parce qu'il avait perdu tout ce qui était important à ses yeux et qui désormais avançait à l'aveuglette pour détruire tout ce qui se présenterait devant lui.

Chantal courut à perdre haleine, mais ne réussit pas à rattraper l'étranger. Peut-être s'était-il enfoncé au cœur de la forêt, laissant sa torche s'éteindre, pour défier le loup à mains nues. Son désir de mourir était aussi fort que celui de tuer.

Elle arriva au village, feignit de ne pas entendre l'appel de Berta, croisa la foule qui sortait de la messe, étonnée de voir que pratiquement tous les habitants y avaient assisté. L'étranger voulait un crime ; résultat, il avait ramené sous la houlette du curé des paroissiens qui allaient se repentir et se confesser comme s'ils pouvaient leurrer Dieu.

Tous lui jetèrent un bref coup d'œil, mais personne ne lui adressa la parole. Elle soutint sans ciller tous les regards parce qu'elle savait qu'elle n'avait aucune faute à se reprocher, elle n'avait pas besoin de se confesser, elle n'était qu'un instrument dans un jeu pervers qu'elle découvrait peu à peu – et qui lui déplaisait de plus en plus.

Elle s'enferma dans sa chambre et regarda par la fenêtre. La foule s'était déjà dispersée. C'était bizarre, d'habitude des groupes se formaient pour discuter sur cette place où un calvaire avait remplacé une potence. Pourquoi le village était-il désert alors que le temps s'était radouci, qu'un rayon de soleil perçait les nuages ? Justement, fidèles à leur habitude, ils auraient pu parler du temps. De la température. Des saisons. Mais ils s'étaient dépêchés de rentrer chez eux et Chantal ne savait pas pourquoi.

Pensive, elle resta un long moment à la fenêtre. Elle finit par se dire que, dans ce village, elle se sentait comme les autres, alors que, en fait, elle se jugeait différente, aventureuse, pleine de projets qui n'étaient jamais passés par la tête de ces péquenauds.

Quelle honte ! Et en même temps, quel soulagement ! Elle se trouvait à Bescos, non à cause d'une injustice du destin, mais parce qu'elle le méritait, parce que maintenant elle acceptait de se fondre dans la masse.

Elle avait déterré trois fois le lingot, mais elle avait été incapable de l'emporter. Elle avait commis le crime dans son âme, mais elle n'arrivait pas à le matérialiser dans le monde réel. Tout en sachant qu'elle ne devait pas le commettre de quelque façon que ce soit, car ce n'était pas une tentation, c'était un piège.

« Pourquoi un piège ? » pensa-t-elle. Quelque chose lui disait qu'elle avait vu dans le lingot la solution du problème que l'étranger avait posé. Mais elle avait beau tourner et retourner ce problème, elle ne parvenait pas à découvrir en quoi consistait cette solution.

Le démon fraîchement débarqué regarda de côté et vit que Mlle Prym, qui tout à l'heure menaçait de briller de plus en plus, maintenant était en train de vaciller, elle allait s'éteindre : dommage que son compagnon ne soit pas là pour voir sa victoire.

Ce qu'il ne savait pas, c'était que les anges eux aussi ont leur stratégie : à ce moment, la lumière de Mlle Prym s'était voilée juste pour ne pas susciter la réaction de son ennemi. Son ange ne lui demandait qu'une chose : qu'elle dorme un peu pour pouvoir converser avec son âme, sans l'interférence des peurs et des fautes dont les êtres humains adorent porter le faix tous les jours.

Chantal s'endormit. Et elle écouta ce qu'elle devait écouter, elle entendit ce qu'il fallait entendre.

15

— Nous n'avons pas besoin de parler de terrains ou de cimetières, dit la femme du maire. Nous allons être clairs.

De nouveau réunis dans la sacristie, les cinq autres notables abondèrent dans le même sens.

— Monsieur le curé m'a convaincu, dit le propriétaire terrien. Dieu justifie certains actes.

— Ne soyez pas cynique, rétorqua le curé. Quand nous regardons par cette fenêtre, nous comprenons tout. Si un vent chaud s'est mis à souffler, c'est que le démon est venu nous tenir compagnie.

— C'est évident, opina le maire, qui pourtant ne croyait pas aux démons. Nous étions tous déjà convaincus. Mieux vaut parler clairement, sinon nous risquons de perdre un temps précieux.

— Pour moi, c'est tout vu, dit la patronne de l'hôtel. Nous envisageons d'accepter la proposition de l'étranger. De commettre un crime.

— D'offrir un sacrifice, répliqua le curé, plus accoutumé aux rites religieux.

Le silence qui suivit marqua que tous étaient d'accord.

– Seuls les lâches se cachent derrière le silence. Nous allons prier à voix haute afin que Dieu nous entende et sache que nous œuvrons pour le bien de Bescos. Agenouillons-nous.

Les autres s'exécutèrent, mais de mauvaise grâce, car ils savaient qu'il était inutile de demander pardon à Dieu pour un péché qu'ils commettaient, pleinement conscients du mal qu'ils causaient. Néanmoins, ils s'étaient souvenus du jour du pardon institué par Ahab : bientôt, quand ce jour arriverait, ils accuseraient Dieu de les avoir exposés à une tentation irrésistible.

Le curé leur demanda de s'associer à sa prière :

– Seigneur, Tu as dit que personne n'est bon. Aussi, accepte-nous avec nos imperfections et pardonne-nous au nom de Ta générosité infinie et de Ton amour infini. De même que Tu as pardonné aux croisés qui ont tué des musulmans pour reconquérir la Terre sainte de Jérusalem, de même que Tu as pardonné aux inquisiteurs qui voulaient préserver la pureté de Ton Eglise, de même que Tu as pardonné à ceux qui T'ont couvert d'opprobre et cloué sur la croix, pardonne-nous pour le sacrifice que nous allons T'offrir afin de sauver notre village.

– Maintenant, voyons le côté pratique, dit la femme du maire en se relevant. Qui sera offert en holocauste. Et qui sera l'exécuteur.

– Une jeune personne, que nous avons beaucoup aidée, soutenue, a attiré ici le démon, dit le propriétaire terrien qui, il n'y avait pas si longtemps, avait couché avec ladite jeune personne et depuis lors se rongeait d'inquiétude à l'idée qu'elle pourrait un jour tout raconter à sa femme. Il faut combattre le mal par le mal, cette fille doit être punie.

Deux voix appuyèrent cette proposition en alléguant que, de surcroît, la demoiselle Prym était la seule personne du village en qui on ne pouvait avoir aucune confiance. La preuve : elle se considérait comme différente des autres et n'arrêtait pas de dire qu'elle partirait un jour.

– Sa mère est morte. Sa grand-mère est morte. Personne ne remarquera sa disparition, dit le maire, à l'appui des voix précédentes.

Sa femme, toutefois, exprima un avis différent :

– Supposons qu'elle sache où est caché le trésor et qu'elle soit en tout cas la seule à l'avoir vu. Du reste, comme nous l'avons dit, nous pouvons avoir confiance en elle : n'est-ce pas elle qui a apporté le mal, incité toute une population à envisager un crime ? Quoi qu'on dise, ce sera la parole d'une fille bourrée de problèmes contre celle de nous tous qui n'avons rien à nous reprocher et jouissons d'une bonne situation.

Le maire prit un air embarrassé, comme chaque fois que sa femme émettait un avis :

– Pourquoi vouloir la sauver, alors que tu ne l'aimes pas ?

171

– Je comprends, dit le curé. C'est pour que la faute retombe sur la tête de celle qui aura provoqué la tragédie. Elle portera ce fardeau le restant de ses jours. Peut-être finira-t-elle comme Judas, qui a trahi Jésus-Christ et ensuite s'est suicidé – geste désespéré et inutile qui ne rachetait pas le crime du disciple.

Le raisonnement du curé surprit la femme du maire, car c'était exactement ce qu'elle avait pensé. La fille était belle, elle enjôlait les hommes, elle n'acceptait pas de vivre comme les autres, elle n'arrêtait pas de se plaindre d'habiter dans un village où, pourtant, malgré ses défauts, chacun était honnête et travailleur et où bien des gens aimeraient séjourner, quitte à découvrir combien il est ennuyeux de vivre constamment en paix.

– Je ne vois personne d'autre, dit la patronne de l'hôtel, un peu à contrecœur car elle savait qu'elle aurait du mal à trouver une autre serveuse. J'avais pensé à un journalier ou à un berger, mais beaucoup sont mariés et, même si leurs enfants vivent loin d'ici, un fils pourrait faire ouvrir une enquête sur la mort de son père. La demoiselle Prym est la seule qui peut disparaître sans laisser de traces.

Pour des motifs religieux – Jésus n'avait-il pas maudit ceux qui accusaient un innocent ? –, le curé refusa de s'exprimer. Mais il savait qui serait la victime et il devait inciter les autres à le découvrir.

– Les habitants de Bescos travaillent de l'aube au soir par tous les temps. Tous ont une tâche à remplir, y compris cette malheureuse dont le démon a décidé de se servir à des fins malignes. Déjà que nous sommes peu nombreux, nous ne pouvons pas nous payer le luxe de perdre une paire de bras de plus.

– En ce cas, monsieur le curé, nous n'avons pas de victime. Notre seul recours, c'est qu'un autre étranger apparaisse ici avant ce soir, mais ce serait très risqué de le faire disparaître sans savoir s'il a de la famille, des relations qui s'inquiéteraient de son sort. Bescos est une communauté où chacun a sa place, travaille d'arrache-pied.

– Vous avez raison, dit le curé. Peut-être que tout ce que nous avons vécu depuis hier n'est qu'une illusion. Chacun de vous est estimé, aimé, a des amis, des proches qui n'accepteraient pas qu'on touche à un être cher. Je ne vois que trois personnes qui n'ont pas de véritable foyer : la vieille Berta, la demoiselle Prym... et moi.

– Vous vous offrez en sacrifice ?

– Le bien du village passe avant tout.

Les cinq interlocuteurs du curé poussèrent un soupir de soulagement. La situation, comme le ciel, semblait s'être éclaircie : ce ne serait pas un crime, mais un martyre. La tension qui régnait

173

dans la sacristie tomba tout à coup et la patronne de l'hôtel se sentit une envie de baiser les pieds de ce saint.

– Il reste un problème à régler, reprit le curé. Vous devez convaincre tout le monde que tuer un ministre de Dieu n'est pas un péché mortel.

– Vous l'expliquerez à vos fidèles ! s'exclama le maire, soudain remonté à l'idée de tout ce qu'il pourrait faire avec l'argent : travaux de rénovation dans la commune, campagne publicitaire pour inciter à de gros investissements et attirer davantage de touristes, installation d'une nouvelle ligne téléphonique.

– Je ne peux pas faire cela, dit le curé. Les martyrs s'offraient quand le peuple voulait les tuer. Mais ils ne provoquaient jamais leur propre mort, car l'Eglise a toujours dit que la vie est un don de Dieu. C'est à vous de l'expliquer.

– Personne ne va le croire. Tout le monde pensera que nous sommes des assassins de la pire espèce, que nous tuons un saint homme pour de l'argent, comme Judas l'a fait avec le Christ.

Le curé haussa les épaules. Chacun eut l'impression que le soleil se voilait et sentit de nouveau la tension monter dans la sacristie.

– Alors, il ne reste que la vieille Berta, lâcha le propriétaire terrien.

Après un long moment de silence, le curé reprit la parole :

— Cette femme doit beaucoup souffrir depuis la mort de son mari. Depuis des années elle passe sa vie assise devant sa porte, exposée aux intempéries, rongée par l'ennui. Elle ne vit que de regrets et je pense que cette malheureuse n'a plus toute sa raison. Je passe souvent devant sa maison et je l'entends presque toujours parler toute seule.

De nouveau, les présents eurent l'impression qu'une bouffée d'air chaud traversait la sacristie, et pourtant les fenêtres étaient fermées.

— Sa vie a été très triste, enchaîna la patronne de l'hôtel. Je suis sûre qu'elle donnerait tout pour rejoindre au plus vite son bien-aimé. Ils ont été mariés quarante ans, vous le saviez ?

Tous le savaient, mais ce n'était pas l'important.

— Une femme très âgée, arrivée au terme de sa vie, ajouta le propriétaire terrien. La seule, dans ce village, qui ne fasse rien d'important. Une fois, je lui ai demandé pourquoi elle passait son temps en plein air, même pendant l'hiver. Vous savez ce qu'elle m'a répondu ? Qu'elle veillait sur le village, qu'elle donnerait l'alarme le jour où elle percevrait que le mal arrivait jusqu'ici.

— Eh bien, on dirait qu'elle n'a pas très bien fait son travail.

— Au contraire, dit le curé. Si je comprends bien vos propos : qui a laissé le mal entrer doit le faire partir.

Le silence qui suivit n'avait plus rien d'oppressant cette fois : tous avaient compris que le choix de la victime était fait.

– Maintenant, il reste à régler un détail, dit la femme du maire. Nous savons déjà quand sera offert le sacrifice pour le bien de la population. Nous savons qui sera la victime expiatoire : ainsi, une bonne âme montera au ciel et y retrouvera le bonheur, au lieu de continuer à souffrir ici-bas. Reste à savoir comment nous procéderons.

– Tâchez de parler à tous les hommes du village, dit le curé au maire. Et convoquez-les à une réunion sur la place à neuf heures du soir. Je pense que je sais comment procéder. Passez me voir un peu avant neuf heures, je vous l'expliquerai en tête à tête.

Pour conclure, il demanda aux deux dames présentes d'aller tenir compagnie à Berta le temps que durerait la réunion sur la place. Même si l'on savait que la vieille ne sortait jamais le soir, il valait mieux prendre toutes les précautions.

16

Chantal prit son service à l'heure habituelle. Comme elle s'étonnait de ne voir aucun client dans le bar, la patronne lui expliqua :

— Il y a une réunion ce soir sur la place. Réservée aux hommes.

Chantal comprit instantanément ce qui se passait.

— Tu as vraiment vu ce lingot d'or ? demanda la patronne.

— Oui. Mais vous auriez dû demander à l'étranger de l'apporter au village. S'il obtient ce qu'il veut, il est bien capable de décider de disparaître.

— Il n'est pas fou.

— Il est fou.

Soudain inquiète, la patronne monta en hâte à la chambre de l'étranger. Elle en redescendit quelques minutes plus tard.

— Il est d'accord. Il dit que l'or est caché dans la forêt et qu'il ira le chercher demain matin.

— Je pense que je ne dois pas travailler ce soir.

– Si. Tu dois respecter ton contrat.

La patronne aurait bien aimé évoquer la discussion à la sacristie pour voir la réaction de la jeune femme, mais elle ne savait comment aborder le sujet.

– Je suis choquée par tout ce qui arrive, dit-elle. En même temps, je comprends que, le cas échéant, les gens aient besoin de réfléchir deux, trois fois à ce qu'ils doivent faire.

– Ils auront beau réfléchir vingt, cent fois, ils n'auront pas le courage de mettre leur idée à exécution.

– C'est possible. Mais s'ils décidaient d'agir, qu'est-ce que tu ferais ?

Chantal comprit que l'étranger était bien plus proche de la vérité qu'elle-même, qui pourtant vivait depuis longtemps à Bescos. Une réunion sur la place ! Dommage que la potence ait été démontée.

– Qu'est-ce que tu ferais ? insista la patronne.

– Je ne vais pas répondre à cette question, même si je sais exactement ce que je ferais. Je dirais simplement que le mal n'apporte jamais le bien. J'en ai fait l'expérience cet après-midi même.

La patronne de l'hôtel n'avait aucune envie de voir son autorité contestée, mais elle jugea prudent de ne pas discuter avec sa serveuse – susciter un climat d'animosité risquait de poser des problèmes à l'avenir.

– Occupe-toi comme tu peux. Il y a toujours quelque chose à faire, dit-elle, et elle laissa Chantal seule dans le bar.

Elle était tranquille : la demoiselle Prym ne montrait aucun signe de révolte, même après avoir été informée de la réunion sur la place, indice d'un bouleversement du cours des événements à Bescos. Cette fille elle aussi avait grand besoin d'argent, elle avait sûrement envie de vivre une autre vie, envie de rejoindre ses amis d'enfance partis réaliser leurs rêves ailleurs.

Et, si elle n'était pas disposée à coopérer, au moins semblait-elle ne pas vouloir intervenir.

17

Après un dîner frugal, le curé s'assit, seul, sur un banc de l'église pour attendre le maire qui devait arriver dans quelques minutes.

Il promena son regard sur les murs nus et chaulés de la nef, l'autel modestement décoré de statuettes de saints qui, dans un passé lointain, avaient vécu dans la région. Une fois de plus, il déplora que les habitants de Bescos n'aient jamais été très religieux, en dépit du fait que saint Savin avait été le grand promoteur de la résurrection du village. Mais les gens l'avaient oublié et préféraient évoquer Ahab et les Celtes, perpétuer des superstitions millénaires, sans comprendre qu'un geste suffit, un simple geste, pour la rédemption – accepter Jésus comme le seul sauveur de l'Humanité.

Quelques heures auparavant, il s'était offert lui-même en holocauste. Un jeu risqué, mais il aurait été disposé à aller jusqu'au bout, accepter le martyre, oui, si les gens n'étaient pas aussi frivoles, si facilement manipulables.

« Ce n'est pas vrai. Ils sont frivoles, mais ils ne sont pas manipulables aussi facilement. » A telle enseigne que, par le biais du silence et des artifices du langage, ils lui avaient fait dire ce qu'ils voulaient entendre : le sacrifice qui rachète, la victime qui sauve, la décadence qui se change de nouveau en gloire. Il avait feint de se laisser manœuvrer par les gens, mais il n'avait dit que ce qu'il croyait.

Il avait été éduqué très tôt pour le sacerdoce, sa véritable vocation. Ordonné prêtre à l'âge de vingt et un ans, très vite il avait impressionné ses ouailles par son don de la parole et sa compétence dans l'administration de sa paroisse. Il priait tous les soirs, assistait les malades, visitait les prisons, donnait à manger à tous ceux qui avaient faim – exactement comme le prescrivaient les textes sacrés. Peu à peu, sa réputation s'était répandue dans la région et était venue aux oreilles de l'évêque, un homme connu pour sa sagesse et son équité.

Cet évêque l'invita à dîner en compagnie d'autres jeunes prêtres. A la fin du repas, le prélat se leva et, malgré son âge avancé et sa difficulté à marcher, offrit de l'eau à chacun des convives. Tous refusèrent, sauf lui, qui demanda à l'évêque de remplir son verre à ras bord.

Un des curés chuchota, de façon que l'évêque puisse saisir ce qu'il disait : « Nous refusons tous cette eau, car nous savons que nous sommes indignes de la recevoir des mains de ce saint homme. Un seul parmi nous ne comprend pas que notre supérieur fait un grand sacrifice en portant cette lourde carafe. »

Revenu à sa chaise, l'évêque dit :

– Vous vous prenez pour des saints, mais vous n'avez pas eu l'humilité de recevoir et moi je n'ai pas eu la joie de donner. Lui, il a simplement permis que le bien se manifeste.

Et sur l'heure, il le nomma à une paroisse très importante.

Devenus amis, les deux hommes eurent de fréquentes occasions de se revoir. Chaque fois qu'il avait un doute, le curé recourait à celui qu'il appelait son « père spirituel » et réglait sa conduite selon les réponses de l'évêque. Ainsi, un jour qu'il était angoissé, ne sachant pas si ses actes plaisaient à Dieu, il alla trouver l'évêque pour lui demander ce qu'il devait faire.

– Abraham acceptait les étrangers, et Dieu était content, répondit l'évêque. Elie n'aimait pas les étrangers, et Dieu était content. David s'enorgueillissait de ce qu'il faisait, et Dieu était content. Le publicain devant l'autel avait honte de ce qu'il faisait, et Dieu était content. Jean Baptiste est allé au désert, et Dieu était content. Paul s'est rendu dans les grandes villes de l'Empire romain, et Dieu était content. Comment saurais-je ce qui peut réjouir le Tout-Puissant ? Faites ce que votre cœur vous commandera, et Dieu sera content.

Le lendemain de cet entretien, l'évêque mourut d'un infarctus foudroyant. Le curé interpréta cette mort comme un signe et, dès lors, observa strictement cette recommandation : suivre l'élan du cœur. Tantôt il donnait l'aumône, tantôt il envoyait le mendiant travailler. Tantôt il prononçait un sermon très austère, tantôt il chantait en chœur avec ses fidèles. Son comportement attira de nouveau l'attention, cette fois du nouvel évêque, qui le convoqua.

A sa grande surprise, il reconnut celui qui, au dîner de l'évêque défunt, avait glissé une remarque perfide contre lui.

– Je sais que vous êtes maintenant à la tête d'une paroisse importante, dit le nouvel évêque, une lueur d'ironie dans les yeux. Et que, ces dernières années, vous avez été un grand ami de mon prédécesseur. Peut-être aspirez-vous à l'obtention de ma charge ?

– Non, j'aspire depuis longtemps à la sagesse.

– Alors, vous devez être aujourd'hui un homme riche d'expérience. Mais j'ai entendu des histoires singulières à votre sujet : tantôt vous faites la charité, tantôt vous refusez l'aumône que notre Eglise prescrit de donner.

– Mon pantalon a deux poches, expliqua le curé. Dans chacune, il y a un billet où j'ai écrit une maxime, mais je ne mets de l'argent que dans la poche gauche.

Intrigué, le nouvel évêque lui demanda quelles étaient ces maximes.

– Sur le billet de la poche droite, j'ai écrit : « Je ne suis rien, sinon cendre et poussière. » Sur celui de la poche gauche : « Je suis la manifestation de Dieu sur la terre. » Quand je vois la misère et l'injustice, je mets la main à la poche gauche et j'aide mon prochain. Quand je vois la paresse et l'indolence, je mets la main à la poche droite et je constate que je n'ai rien à donner. De cette façon, j'arrive à mettre en équilibre le monde matériel et le monde spirituel.

Le nouvel évêque le remercia de lui avoir donné cette belle image de la charité, l'invita à rejoindre sa paroisse, mais ajouta qu'il avait décidé de restructurer le diocèse. Peu de temps après, le curé apprit qu'il était muté à Bescos. Il comprit immédiatement le message : l'envie. Mais il avait promis de servir Dieu où que ce fût et il prit le chemin de Bescos, plein d'humilité et de ferveur : c'était un nouveau défi à relever.

Les années passèrent. Au bout de cinq ans, il n'avait pas réussi à ramener à l'église les brebis égarées, malgré tous ses efforts. C'était un village gouverné par un fantôme du passé, nommé Ahab, et rien de ce qu'il prêchait ne faisait oublier les légendes qui circulaient.

Au bout de dix ans, il comprit son erreur : il avait changé en arrogance sa recherche de la sagesse. Il était tellement convaincu de la justice divine qu'il n'avait pas su la mettre en balance avec l'art de la diplomatie. Il avait cru vivre dans un monde où Dieu était partout et il se retrouvait parmi des êtres humains qui souvent ne Le laissaient pas entrer.

Au bout de quinze ans, il se rendit compte qu'il ne sortirait jamais de Bescos : l'évêque était devenu un cardinal important qui faisait entendre sa voix au Vatican et qui ne pouvait en aucun cas permettre qu'un petit curé de campagne divulgue qu'il avait été exilé à cause de l'envie et de la jalousie de son supérieur.

A ce moment-là, il s'était déjà laissé abattre par le manque total d'encouragements : personne ne saurait résister à tant d'années d'indifférence. Il pensa que, s'il avait abandonné le sacerdoce au moment voulu, il aurait pu être beaucoup plus utile à Dieu ; mais il avait indéfiniment repoussé sa décision, croyant toujours que la situation allait changer. A présent, il était trop tard, il n'avait plus aucun contact avec le monde.

Au bout de vingt ans, une nuit, il se réveilla désespéré : sa vie avait été complètement inutile. Il savait très bien ce dont il était capable et le peu qu'il avait réalisé. Il se rappela les deux papiers qu'il avait l'habitude de glisser dans ses poches, il découvrit qu'il avait pris l'habitude de toujours mettre la main à la poche droite. Il avait voulu être sage, mais il n'avait pas été politique. Il avait voulu être juste et il n'avait pas été sage. Il avait voulu être politique et il avait été timoré.

« Où est Ta générosité, Seigneur ? Pourquoi m'as-Tu traité comme Tu as traité Job ? N'aurai-je jamais une autre chance dans la vie ? Donne-moi une autre chance ! »

Il se leva, ouvrit la Bible au hasard, comme il avait l'habitude de le faire quand il avait besoin d'une réponse. Il tomba sur le passage où, lors de la Cène, le Christ demande que le traître le livre aux soldats qui le recherchent.

Le curé passa des heures à méditer sur ce qu'il venait de lire : pourquoi Jésus avait-il demandé que le délateur commette un péché ?

« Pour que s'accomplissent les Ecritures », diraient les docteurs de l'Eglise. En tout état de cause, pourquoi Jésus avait-il induit un homme au péché et à la damnation éternelle ? Jésus ne ferait jamais cela. A vrai dire, le traître n'était qu'une victime, comme lui-même. Le mal devait se manifester et jouer son rôle afin que le bien puisse finalement l'emporter. S'il n'y avait pas de trahison, il n'y aurait pas le calvaire, les Ecritures ne s'accompliraient pas, le sacrifice ne servirait pas d'exemple.

187

Le lendemain, un étranger était arrivé au village. Il n'était pas le premier à y séjourner et le curé n'attacha aucune importance à cet événement. Il n'établit pas non plus le moindre rapport avec la demande qu'il avait adressée à Jésus ou avec le passage qu'il avait lu. Le jour où il avait entendu l'histoire du modèle qui avait posé pour *La Cène* de Léonard de Vinci, il s'était rappelé avoir lu le même texte dans le Nouveau Testament, mais avoir pensé que c'était une simple coïncidence.

C'est seulement quand la demoiselle Prym avait fait part de la proposition de l'étranger qu'il avait compris que sa prière avait été entendue. Le mal devait se manifester afin que le bien puisse enfin toucher le cœur des habitants de ce village. Pour la première fois depuis qu'il avait pris en charge cette paroisse, il avait vu son église comble. Pour la première fois, les notabilités s'étaient réunies dans la sacristie.

« Le mal devait se manifester afin qu'ils comprennent la valeur du bien. » Comme le traître de l'Evangile qui, aussitôt après avoir commis son forfait, le regretta, ses paroissiens allaient se repentir et leur seul havre serait l'Eglise. Bescos redeviendrait, après tant et tant d'années d'impiété, une communauté de fidèles.

Le curé conclut sa méditation : « C'est à moi qu'il a incombé d'être l'instrument du Mal et c'était là l'acte d'humilité le plus profond que je pouvais offrir à Dieu. »

Le maire arriva à l'heure dite.

– Monsieur le curé, je dois savoir ce que je vais proposer.

– Laissez-moi conduire la réunion à ma guise.

Le maire hésita à répondre : n'était-il pas la plus haute autorité de Bescos ? Devait-il laisser un étranger traiter publiquement d'un sujet aussi important ? Le curé habitait le village depuis vingt ans, mais il n'y était pas né, il n'en connaissait pas toutes les histoires, dans ses veines ne coulait pas le sang d'Ahab.

– Je pense, vu l'extrême gravité de cette affaire, que je dois moi-même en débattre avec la population.

– A votre gré. C'est préférable, les choses peuvent mal tourner et je ne voudrais pas que l'Eglise soit impliquée. Je vais vous dire ce que j'avais prévu et vous vous chargerez d'en faire part à vos administrés.

– En définitive, du moment que vous avez un plan d'action, j'estime qu'il est plus juste et plus honnête de vous laisser l'exposer à nos concitoyens.

« Toujours la peur, pensa le curé. Pour dominer un homme, faites en sorte qu'il ait peur. »

18

Les deux dames du village arrivèrent chez Berta peu avant neuf heures et la trouvèrent en train de tricoter dans son petit séjour.

– Ce soir, le village est différent, dit la vieille. Je n'arrête pas d'entendre des gens marcher dans la rue alors que d'habitude il n'y a personne.

– Ce sont les hommes qui se rendent sur la place, répondit la patronne de l'hôtel. Ils vont discuter de ce qu'il faut faire avec l'étranger.

– Je comprends. A mon avis, il n'y a pas grand-chose à discuter : il faut accepter sa proposition ou bien le laisser s'en aller dans deux jours.

– Jamais nous n'envisagerons d'accepter cette proposition, s'indigna la femme du maire.

– Pourquoi ? On m'a raconté que le curé aujourd'hui a fait un magnifique sermon : il a dit que le sacrifice d'un homme a sauvé l'humanité et que Dieu a accepté une insinuation de Satan qui L'a conduit à punir son serviteur le plus fidèle. Quel mal y aurait-il si les habitants de Bescos décidaient d'examiner la proposition de l'étranger comme... disons une affaire ?

– Vous ne parlez pas sérieusement.

– Je parle sérieusement. Vous voulez me faire marcher.

Les deux femmes faillirent se lever et s'en aller, mais c'était risqué.

– Et d'abord, que me vaut l'honneur de votre visite ? C'est la première fois.

– La demoiselle Prym, il y a deux jours, a dit qu'elle avait entendu hurler le loup maudit.

– Nous savons tous que le loup maudit est une mauvaise excuse du forgeron, dit la patronne de l'hôtel. Il a dû rencontrer dans la forêt une femme du village voisin, essayer de la mettre à mal, quelqu'un l'a corrigé et il est revenu avec cette histoire. Mais, par précaution, nous avons décidé de passer vous voir pour savoir si vous n'aviez pas de problème.

– Ici, tout va très bien. Regardez : je tricote un dessus-de-lit, même si je ne peux pas garantir que je vais le terminer. Qui sait si je ne vais pas mourir demain ? C'est possible.

Interloquées et soudain mal à l'aise, les deux visiteuses échangèrent un bref regard.

– Comme vous le savez, les vieilles personnes peuvent mourir subitement, enchaîna Berta. C'est comme ça.

Les deux femmes poussèrent un soupir de soulagement.

– Il est trop tôt pour que vous y pensiez.

– C'est possible, dit Berta. A chaque jour suffit sa peine, et demain est un autre jour. En tout cas, sachez que j'ai passé une grande partie de ma journée à penser à la mort.

– Vous aviez une raison particulière ?

– Non, à mon âge, c'est devenu une habitude.

La patronne de l'hôtel voulait changer de sujet, mais elle devait agir avec tact. En ce moment, la réunion sur la place avait sûrement déjà commencé, il était possible qu'elle ne dure pas très longtemps. Aussi se hâta-t-elle de dire :

– On finit par comprendre que la mort est inévitable. Et nous avons besoin d'apprendre à l'envisager avec sérénité, sagesse et résignation : souvent, elle nous soulage de souffrances inutiles.

– Vous avez bien raison, dit Berta. C'est ce que je me suis rabâché tout l'après-midi. Et vous savez ma conclusion ? J'ai peur, vraiment grand-peur de mourir. Je pense que mon heure n'est pas encore arrivée.

Sentant la tension monter, la femme du maire se rappela la discussion dans la sacristie à propos du terrain du cimetière : chacun s'exprimait sur le sujet tout en se référant à autre chose. Elle aurait bien voulu savoir comment se déroulait la réunion sur la place, quel était le plan du curé et comment allaient réagir les hommes de Bescos. A quoi bon parler plus franchement à Berta, du reste, parce que personne n'accepte d'être mis à

193

mort sans réagir désespérément. Là résidait la difficulté : s'ils voulaient tuer cette femme, ils devraient découvrir une façon de le faire sans être obligés de recourir à des violences qui laisseraient des traces utilisables lors d'une enquête ultérieure.

Disparaître. Cette vieille devait tout simplement disparaître. Pas question d'enterrer son corps au cimetière ou de l'abandonner dans la forêt : dès que l'étranger aurait la preuve du crime qu'il avait proposé, ils devraient le brûler et disperser ses cendres dans la montagne.

– A quoi pensez-vous ? demanda Berta.

– A un bûcher, répondit la femme du maire. A un bûcher grandiose qui réchauffe nos corps et nos cœurs.

– Heureusement que nous ne sommes plus au Moyen Age : vous savez que certaines personnes pensent que je suis une sorcière ?

Impossible de mentir, sinon la vieille allait se méfier. Les deux acquiescèrent donc d'un signe de tête.

– Si nous étions au Moyen Age, on pourrait me brûler sans autre forme de procès : il suffirait que quelqu'un décide que je suis coupable de quelque chose.

« Que se passe-t-il ? pensa la patronne de l'hôtel. Est-ce que quelqu'un nous a trahis ? La femme du maire a-t-elle déjà rendu visite à Berta pour tout lui raconter ? Le curé s'est-il repenti et est-il venu se confesser à une pécheresse ? »

– Voilà, merci beaucoup pour la visite. Vous êtes rassurées : je vais bien, je suis en parfaite santé, disposée à faire tous les sacrifices possibles, y compris suivre ces régimes alimentaires stupides qui m'obligent à diminuer mon cholestérol. Autrement dit, j'ai envie de vivre encore très longtemps.

Berta se leva, ouvrit la porte et donna le bonsoir à ses visiteuses :

– Oui, je suis très contente que vous soyez venues. Maintenant je vais arrêter mon tricot et me mettre au lit. Mais je tiens à vous dire que je crois au loup maudit. Alors soyez vigilantes ! A la prochaine !

Et elle referma la porte.

– Elle est au courant, murmura la patronne de l'hôtel. Quelqu'un lui a raconté, vous avez remarqué comme sa voix était pleine d'ironie ? C'est clair : elle a compris que nous étions ici pour la surveiller.

– Elle ne peut pas savoir, dit la femme du maire, bien embarrassée. Personne ne serait assez fou pour tout lui raconter. A moins que...

– A moins que ?

– Qu'elle ne soit vraiment une sorcière. Vous vous rappelez, dans la sacristie, la bouffée d'air chaud qui s'est répandue ?

– Les fenêtres étaient fermées.

Un frisson d'inquiétude secoua les deux femmes – et des siècles de superstition refirent surface. Si Berta était vraiment une sorcière, sa mort, au lieu de sauver le village, serait le prélude de sa totale destruction.

C'est ce que disaient les légendes.

Berta éteignit la lumière et observa les deux femmes dans la rue par une fente de ses volets. Elle ne savait pas si elle devait rire, pleurer ou simplement accepter son destin. Elle n'avait qu'une certitude : elle avait été marquée pour mourir.

Son mari lui était apparu à la fin de l'après-midi et, à sa grande surprise, il était arrivé en compagnie de la grand-mère de la demoiselle Prym. Berta faillit céder à un petit accès de jalousie : que faisait-il avec cette femme ? Mais elle s'alarma en voyant une lueur d'inquiétude dans leur regard et sombra dans le désespoir quand, après lui avoir raconté ce qu'ils avaient entendu dans la sacristie, ils la pressèrent de fuir immédiatement.

– Vous plaisantez, j'espère ? rétorqua Berta. Fuir comment ? Mes pauvres jambes déjà ont bien du mal à me porter jusqu'à l'église, vous me voyez courir pour aller me réfugier je ne sais où ? Je vous en prie, redressez cette situation de là-haut dans les cieux, protégez-moi ! Quand même, pourquoi est-ce que je passe ma vie à prier tous les saints ?

C'était une situation bien plus compliquée qu'elle ne l'imaginait, lui expliquèrent-ils : le Bien et le Mal s'affrontaient sans fin et personne ne pouvait intervenir. Anges et démons, une fois de plus, étaient aux prises dans un de ces combats qui sauvent ou condamnent des régions entières pendant des périodes plus ou moins longues.

– Ça ne m'intéresse pas. Je n'ai rien pour me défendre. Ce combat ne me concerne pas. Je n'ai pas demandé à y participer.

Personne n'avait demandé. Tout avait commencé par une erreur de jugement d'un ange gardien, deux ans plus tôt. Deux femmes et une petite fille avaient été séquestrées, les deux femmes ne pouvaient échapper à la mort, mais la fillette devait être sauvée : elle serait la consolation de son père, lui redonnerait confiance dans la vie et lui permettrait de surmonter la terrible épreuve qu'il aurait subie. C'était un homme de bien et, quoiqu'il ait vécu des moments tragiques (personne ne savait pourquoi, les desseins de Dieu sont impénétrables), il finirait par se remettre de cette épreuve. La fillette grandirait avec le stigmate de la tragédie et, devenue adulte, elle userait de sa propre souffrance pour soulager celle d'autrui. Elle accomplirait une œuvre qui se refléterait partout dans le monde.

Telle était la perspective de prime abord. Au début, tout se passa comme prévu : la police envahit la cache des ravisseurs et ouvrit le feu, tuant les personnes marquées pour mourir ce jour-là. Soudain, l'ange gardien de la fillette lui fit un signe – comme Berta le savait, tous les enfants de trois ans voient leur ange gardien et causent avec lui à tout moment – pour lui demander d'aller s'adosser au mur. Mais la fillette ne comprit pas et s'approcha de l'ange pour écouter ce qu'il disait.

Les deux pas qu'elle fit lui furent fatals : elle tomba morte, touchée par une balle qui ne lui était pas destinée. A partir de là, les événements prirent un autre cours : ce qui devait se changer en une belle histoire de rédemption, comme c'était écrit, devint une lutte sans répit. Le démon entra en scène, exigea l'âme de cet homme – pleine de haine, de faiblesse, de désir de vengeance. Les anges firent front : c'était un homme bon, il avait été choisi pour aider sa fille à changer bien des choses en ce monde, même si sa profession n'était pas des plus recommandables.

Mais les arguments des anges restèrent sans écho. Peu à peu le démon prit possession de son âme jusqu'à la contrôler presque complètement.

– Presque complètement, dit Berta. Vous avez dit « presque »...

Ainsi donc il restait une lueur d'espoir, du moment qu'un des anges avait refusé de cesser le combat. Mais sa voix n'avait jamais été entendue avant la veille au soir, quand enfin, grâce à la demoiselle, on avait pu en recueillir un faible écho.

La grand-mère de Chantal expliqua que c'était pour cette raison qu'elle était là : s'il existait quelqu'un qui pouvait changer la situation, c'était bien sa petite-fille. Toutefois, le combat était plus féroce que jamais et une nouvelle fois l'ange de l'étranger avait été suffoqué par la présence du démon.

Berta essaya de calmer les deux fantômes dont elle percevait la fébrilité :

– Dites donc, vous, vous êtes morts, c'est moi qui devrais me faire du souci ! Vous ne pourriez pas aider Chantal à tout changer ?

Le démon de Chantal lui aussi était en train de gagner la bataille, répondirent-ils. Au moment où elle était dans la forêt, la grand-mère avait envoyé le loup maudit à sa recherche – oui, il existait vraiment, le forgeron disait la vérité. Chantal avait voulu éveiller la bonté de cet homme et elle y était parvenue. Mais, apparemment, leur conversation n'avait pu passer certaines limites, car c'étaient des personnalités trop fortes. Dès lors ne subsistait qu'un seul espoir : que Chantal ait vu ce qu'ils souhaitaient qu'elle voie. Ou plutôt, ils savaient qu'elle avait vu, et ce qu'ils voulaient, c'était qu'elle entende.

– Quoi ? demanda Berta.

Ils ne pouvaient pas donner d'explication : le contact avec les vivants avait des limites, certains démons étaient à l'affût de ce qu'ils disaient et ils pouvaient tout détraquer s'ils découvraient le plan avant la lettre. Mais ils garantissaient que c'était un cas très simple et, si Chantal était astucieuse – comme sa grand-mère le certifiait –, elle saurait contrôler la situation.

Berta se contenta de cette réponse : loin d'elle de demander une indiscrétion qui pouvait lui coûter la vie, même si elle aimait qu'on lui confie des secrets. Toutefois, un détail lui échappait et elle se tourna vers son mari :

– Tu m'as dit de rester ici, assise sur cette chaise, tout au long de ces années, à surveiller le village, car le mal pouvait y entrer. Tu m'as fait cette demande bien avant que l'ange ne commette une erreur et que la petite fille ne soit tuée. Pourquoi ?

Le mari répondit que, de toute façon, le mal passerait par Bescos, vu qu'il n'arrête jamais de rôder partout sur terre et qu'il aime prendre les hommes au dépourvu.

– Je ne suis pas convaincue.

Son mari non plus n'était pas convaincu, mais c'était la vérité. Il se peut que le duel entre le Bien et le Mal ne cesse pas une seule seconde dans le cœur de chaque homme, ce champ de bataille de tous les anges et démons qui lutteraient pied à pied pour gagner du terrain, durant des millénaires et des millénaires, jusqu'à ce que l'une des deux forces finisse par anéantir l'autre. Cependant, même s'il se trouvait déjà sur le plan spirituel, il y avait encore beaucoup de choses qu'il ignorait – du reste, beaucoup plus que sur la Terre.

– Bon, je suis un peu plus convaincue. Ne vous faites pas de souci : si je dois mourir, c'est que mon heure est venue.

Le mari et la grand-mère s'en allèrent, prétextant qu'ils devaient faire mieux comprendre à Chantal ce qu'elle avait vu. C'est à regret que Berta laissa partir son époux, un peu jalouse de cette vieille qui, en sa jeunesse, avait été l'une des femmes les plus courtisées de Bescos. Mais elle savait qu'il veillait sur elle et que son plus cher désir était de la voir vivre encore longtemps.

Continuant d'observer ce qui se passait au-dehors, elle pensa qu'il ne lui déplairait pas de continuer un certain temps à contempler les montagnes, observer les éternels conflits entre les hommes et les femmes, les arbres et le vent, les anges et les démons.

Elle décida d'aller se coucher, certaine que la demoiselle Prym finirait par comprendre le message, même si elle n'avait pas le don de converser avec des esprits.

« Demain, je vais prendre une laine d'une autre couleur pour mon tricot », se dit-elle avant de s'endormir.

19

— A l'église, sur un sol sacré, j'ai parlé de la nécessité du sacrifice, dit le curé. Ici, sur un sol profane, je vous demande d'être disposés au martyre.

La petite place, mal éclairée car il n'y avait qu'un seul réverbère – ceux que le maire avait promis pendant sa campagne électorale n'avaient pas été installés –, était bondée. Paysans et bergers, un peu somnolents (d'habitude ils se couchaient de bonne heure), gardaient un silence respectueux et craintif. Le curé avait apporté une chaise où il s'était juché pour que tous puissent le voir.

— Durant des siècles, l'Eglise a été accusée de se livrer à des luttes injustes, mais en réalité, nous avons seulement tenté de survivre à des menaces.

— Monsieur le curé, nous ne sommes pas venus ici pour entendre parler de l'Eglise, s'éleva une voix. Mais de Bescos.

– Je n'ai pas besoin de vous expliquer que Bescos risque d'être rayé de la carte. En ce cas, vous disparaîtrez avec lui, ainsi que vos terres et vos troupeaux. Je ne suis pas ici pour parler de l'Eglise, mais je dois vous dire une chose importante : seuls le sacrifice et la pénitence peuvent nous conduire au salut. Et avant que vous ne m'interrompiez, je dois vous parler du sacrifice de quelqu'un, de la pénitence de tous et du salut du village.

– C'est peut-être des mensonges, lança une autre voix.

– Demain, l'étranger va nous montrer l'or, dit le maire, tout content de donner une information dont le curé lui-même n'avait pas eu connaissance. La demoiselle Prym ne veut pas assumer seule la responsabilité et la patronne de l'hôtel a demandé à cet homme d'apporter ici les lingots. Il a accepté. Nous n'agirons que moyennant cette garantie.

Le maire prit la parole pour évoquer tous les bienfaits dont le village allait être comblé : les améliorations du cadre de vie, le parc pour enfants, la réduction des impôts et la distribution de la richesse dévolue à la commune.

– En parts égales, dit quelqu'un.

C'était le moment de proposer un compromis, malgré qu'il en eût. Mais tous les regards étaient braqués sur lui, l'assistance semblait maintenant bien réveillée.

– En parts égales, confirma le curé, avant que le maire ne réagît. Il n'y a pas le choix : ou bien vous partagez tous aussi bien la responsabilité que la récompense, ou bien à brève échéance quelqu'un finira par révéler qu'un crime a été commis – mû par l'envie ou la vengeance.

Deux mots que le curé connaissait bien.

– Qui va mourir ?

Le maire entreprit d'expliquer que c'était en toute impartialité que le choix s'était porté sur Berta : elle souffrait beaucoup d'avoir perdu son mari, elle était vieille, elle n'avait pas d'amis, elle avait trop l'air d'une folle, assise de l'aube au crépuscule devant sa maison, et elle ne participait en rien au développement du village. Tout son argent, qu'elle aurait dû investir dans l'agriculture et l'élevage, était placé dans une banque d'une ville lointaine et les seuls qui en profitaient étaient des marchands ambulants.

Aucune voix dans la foule ne s'éleva contre ce choix – à la grande satisfaction du maire qui voyait ainsi conforter son autorité. Le curé, toutefois, savait que cette unanimité pouvait être bon ou mauvais signe, car le silence n'équivaut pas toujours à un assentiment : en général, il révèle simplement l'incapacité des gens à réagir sur le coup. Il n'était pas exclu que quelqu'un ne soit pas d'accord et se repente très vite d'avoir accepté tacitement une proposition à laquelle il était hostile – alors les conséquences pourraient être graves.

– J'ai besoin que vous soyez tous d'accord, dit le curé. J'ai besoin que vous disiez à voix haute que vous approuvez ou non le choix qui a été fait afin que Dieu entende et sache qu'Il a des hommes valeureux dans Son armée. Si vous ne croyez pas en Dieu, je vous demande de même d'exprimer votre accord ou votre désaccord à voix haute, afin que tous sachent ce que pense chacun.

Cette façon de dire « j'ai besoin » et non pas « nous avons besoin » ou « le maire a besoin » choqua le maire, mais il n'en laissa rien paraître pour l'instant, il aurait d'autres occasions d'affirmer son autorité et mieux valait laisser le curé s'exposer.

– Je veux votre accord verbal.

Le premier « oui » partit du forgeron. Le maire s'empressa de lancer le sien pour prouver son courage, puis chacun tour à tour donna son accord : les uns pour en finir au plus vite avec cette réunion et pouvoir rentrer chez eux ; d'autres, en pensant à l'or qui leur permettrait de quitter immédiatement le village ; certains parce qu'ils avaient prévu d'envoyer de l'argent à leurs enfants, partis pour une grande ville, afin qu'ils le fassent fructifier. En fait, personne ne croyait que l'or pouvait permettre de rendre à Bescos son lustre passé, chacun convoitait une richesse qu'il pensait mériter.

Personne n'eut le courage de dire « non ».

Le curé reprit la parole :

– Le village compte cent huit femmes et cent soixante-treize hommes. Chaque foyer détient au moins une arme, puisque la tradition locale veut que chacun apprenne à chasser. Eh bien, demain matin, vous allez déposer ces armes, avec une cartouche chacune, dans la sacristie de l'église. Je demande au maire, qui en a plusieurs, d'en apporter une pour moi.

– Nous ne laissons jamais nos armes dans les mains d'autrui, cria un garde-chasse. Elles sont sacrées, capricieuses, personnelles.

– Laissez-moi terminer. Je vais vous expliquer comment fonctionne un peloton d'exécution : sept soldats sont désignés, ils doivent tirer sur le condamné à mort, mais sur les sept fusils, il y en a un qui est chargé avec une balle à blanc dont la détonation est identique à celle des autres. Ainsi, aucun des soldats ne sait s'il tire à blanc et chacun peut croire que ce sont ses camarades qui sont responsables de la mort d'un condamné sur lequel il est de leur devoir de faire feu.

– Tous se jugent innocents, dit le propriétaire terrien, qui ne s'était pas encore exprimé.

– Exact. Demain je préparerai les fusils : un sur deux sera chargé à blanc. Quand vous tirerez, chacun de vous pourra croire qu'il est innocent de la mort de la victime.

Tous les hommes présents, la plupart recrus de fatigue, accueillirent la proposition du curé avec un profond soupir de soulagement, comme animés d'une énergie nouvelle qui se propageait sur la place. A croire que, en un clin d'œil, toute cette histoire s'était vidée de son tragique et se résumait à la recherche d'un trésor caché. Chacun se sentait d'avance libéré de toute responsabilité et en même temps solidaire de ses concitoyens, également désireux de changer de vie et de milieu, animé de nouveau par un certain esprit de clocher : Bescos était un endroit où, finalement, se passaient des événements inattendus et importants.

– Quant à moi, reprit le curé, je n'ai pas le droit de m'en remettre au hasard. Je vous garantis donc que je ne tirerai pas à blanc et que par ailleurs je n'entrerai pas dans le partage de l'or : d'autres raisons dictent ma conduite.

Ces propos, une fois de plus, déplurent au maire : lui, il était là pour que les habitants de Bescos comprennent qu'il était un homme courageux, généreux, un leader prêt à tous les sacrifices. Si sa femme avait été présente, elle aurait dit qu'il se préparait à lancer sa candidature aux prochaines élections.

« Ce curé ne perd rien pour attendre, se dit-il. Je saurai prendre toutes les mesures nécessaires pour l'obliger à abandonner sa paroisse. »

– Et la victime ? demanda le forgeron.

– Elle comparaîtra, répondit le curé. Je m'en charge, mais j'ai besoin du concours de trois hommes. Qui se propose ?

Faute de volontaires, le curé désigna trois costauds dans la foule. L'un d'eux voulut refuser mais le regard de ses voisins lui cloua le bec.

– Où offrirons-nous le sacrifice ? demanda le propriétaire terrien en s'adressant directement au curé.

Dépité de voir bafouée son autorité, le maire s'interposa en lançant un regard furieux au propriétaire :

– C'est moi qui décide. Je ne veux pas que le sol de Bescos soit souillé de sang. Ce sera demain, à cette même heure, devant le monolithe celte. Apportez des lampes, des lanternes, des torches : chacun devra voir la victime en pleine lumière afin de tirer à coup sûr.

Le curé descendit de sa chaise – la réunion était terminée – et chacun rentra chez soi, pressé d'aller se coucher, après cette soirée éprouvante. Le maire retrouva sa femme, qui lui raconta comment s'était passée la rencontre avec Berta. Elle ajouta que, après en avoir discuté avec la patronne de l'hôtel, elle était sûre que la vieille ne savait rien. Leurs craintes n'étaient pas fondées, de même elles n'avaient pas besoin d'avoir peur d'un loup maudit qui n'existait pas.

Le curé retourna à l'église où il passa une partie de la nuit en prière.

20

Pour son petit déjeuner, Chantal mangea du pain de la veille, car le dimanche le boulanger ambulant ne passait pas. Elle regarda par la fenêtre et vit des habitants de Bescos traverser la place, un fusil à la main. Elle se prépara à mourir, comment savoir si ce n'était pas elle qui avait été désignée ? Mais personne ne frappa à sa porte : les hommes se dirigeaient vers la sacristie, y entraient et, au bout de quelques instants, en ressortaient les mains vides.

Impatiente d'avoir des nouvelles, elle alla voir la patronne de l'hôtel, qui lui raconta ce qui s'était passé la veille au soir : le choix de la victime, la proposition du curé, les préparatifs pour le sacrifice. De ce fait, l'hostilité envers Chantal s'était dissipée et elle pouvait se rassurer.

– Je veux te dire une chose : un jour, Bescos se rendra compte de tout ce que tu as fait pour ses habitants.

– Mais est-on sûr que l'étranger remettra l'or ?

– Moi, je n'en doute pas. Il vient de sortir avec son havresac vide.

Chantal décida de ne pas aller se promener dans la forêt, ne voulant pas passer devant la maison de Berta et affronter son regard. Elle retourna dans sa chambre et évoqua le rêve étrange qu'elle avait fait la nuit précédente : un ange lui était apparu et lui avait remis les onze lingots d'or en lui demandant de les garder. Chantal avait répondu à l'ange que, à cet effet, il fallait tuer quelqu'un. L'ange lui avait garanti qu'il n'en était rien, bien au contraire : les lingots prouvaient que l'or en soi n'existait pas.

C'est pourquoi elle avait demandé à la patronne de l'hôtel de parler à l'étranger : elle avait un plan mais, comme elle avait déjà perdu toutes les batailles de sa vie, elle doutait de pouvoir l'exécuter.

21

Berta regardait le soleil se coucher derrière les montagnes quand elle aperçut le curé, suivi de trois hommes, se diriger vers elle. Une grande tristesse la submergea, pour trois raisons : savoir que son heure était arrivée, voir que son mari n'avait pas daigné se montrer pour la consoler (peut-être dans la crainte d'entendre ce qu'elle lui dirait, peut-être honteux de l'impuissance où il était de la sauver) et, se rendant compte que l'argent qu'elle avait économisé tomberait dans les mains des banquiers, regretter de ne pas l'avoir dilapidé.

Mais il lui restait une petite joie : le dernier jour de sa vie était frisquet mais ensoleillé – ce n'est pas tout le monde qui a le privilège de partir avec un aussi beau souvenir.

Le curé fit signe aux trois hommes de rester à distance et s'approcha seul de Berta.

– Bon après-midi, dit-elle. Voyez comme Dieu est grand et quelle belle nature Il nous a faite.

« Ils vont m'emmener, mais je laisserai ici toute la faute du monde. »

– Vous n'imaginez pas le paradis, répondit le curé, en s'efforçant de garder un ton distant.

– Je ne sais pas s'il est aussi beau, je ne suis même pas sûre qu'il existe. Vous y êtes déjà allé ?

– Pas encore. Mais j'ai connu l'enfer et je sais qu'il est terrible, quoique très attrayant vu de loin.

Berta comprit qu'il faisait allusion à Bescos.

– Vous vous trompez, monsieur le curé. Vous avez été au paradis et vous ne l'avez pas reconnu. Comme cela arrive, d'ailleurs, à la plupart des gens en ce monde : ils recherchent la souffrance là où ils trouveraient les joies les plus grandes, parce qu'ils croient qu'ils ne méritent pas le bonheur.

– On dirait que ces dernières années vous ont dotée d'une grande sagesse.

– Il y avait longtemps que personne ne venait plus causer avec moi et, bizarrement, voilà que tout le monde découvre que j'existe. Figurez-vous qu'hier soir la femme du maire et la patronne de l'hôtel m'ont fait l'honneur de me rendre visite. Aujourd'hui, c'est le curé qui fait de même. Est-ce que par hasard je serais devenue une personne importante ?

– Tout à fait, dit le curé. La plus importante du village.

– Je vais faire un héritage ?

– Dix lingots d'or. Hommes, femmes et enfants vous remercieront de génération en génération. Il est même possible qu'on vous élève une statue.

– Je préfère une fontaine. En plus d'embellir une place, elle étanche la soif et chasse les papillons noirs.

– Nous construirons une fontaine. Vous avez ma parole.

Berta jugea que la plaisanterie avait assez duré et qu'il fallait maintenant en venir au fait.

– Monsieur le curé, je sais tout. Vous condamnez une femme innocente qui ne peut lutter pour sa vie. Soyez maudits, vous, cette terre et tous ses habitants !

– Que je sois maudit, acquiesça le curé. Pendant plus de vingt ans, je me suis efforcé de bénir cette terre, mais personne n'a entendu mes appels. Pendant tout ce temps, j'ai tenté d'inculquer le bien dans le cœur des hommes, jusqu'au jour où j'ai compris que Dieu m'avait choisi comme Son bras gauche pour désigner le mal dont ils sont capables – en sorte que, peut-être, ils prennent peur et se convertissent.

Berta avait envie de pleurer, mais elle se retint.

– De belles paroles, sans aucun contenu. Tout au plus une façon d'expliquer la cruauté et l'injustice.

– Au contraire de tous les autres, je n'agis pas pour de l'argent. Je sais que c'est un or maudit, comme cette terre, et qu'il ne fera le bonheur de personne : j'agis parce que Dieu me l'a demandé. Ou plus précisément : m'en a donné l'ordre, pour répondre à mes prières.

« Inutile de discuter », pensa Berta en voyant le curé tirer de sa poche un flacon de comprimés.

– Vous ne sentirez rien, dit-il. Entrons chez vous.

– Ni vous, ni personne de ce village ne mettra les pieds dans cette maison tant que je serai vivante. Elle s'ouvrira peut-être à la fin de cette nuit, mais pas question pour le moment.

Le curé fit signe à l'un des deux hommes, qui s'approcha, une bouteille en plastique à la main.

– Prenez ces comprimés. Vous ne tarderez pas à vous endormir. Quand vous vous réveillerez, vous serez au ciel, aux côtés de votre mari.

– J'ai toujours été avec lui. Et je n'ai jamais pris de somnifères, même quand j'avais des insomnies.

– Dans ces conditions, l'effet sera plus rapide.

Le soleil allait disparaître, la nuit avait déjà pris possession de la vallée et du village.

– Et si je refuse de les prendre ?

– Vous les prendrez de toute façon.

Elle jeta un regard aux hommes qui accompagnaient le curé et comprit que toute résistance serait vaine. Elle avala les comprimés en buvant de grandes gorgées d'eau de la bouteille en plastique. L'eau, insipide et incolore, et pourtant la chose la plus importante du monde. Comme elle, en ce moment.

Elle contempla une dernière fois les montagnes, maintenant plongées dans l'obscurité. Elle vit scintiller la première étoile dans le ciel et se dit qu'elle avait eu une belle vie : elle était née et allait mourir dans un lieu qu'elle aimait, même s'il ne le lui avait pas toujours rendu – mais quelle importance ? Celui qui aime en espérant être payé de retour perd son temps.

Elle avait été bénie. Elle n'avait jamais connu un autre pays, mais elle savait qu'à Bescos se passaient les mêmes choses que partout ailleurs. Elle avait perdu le mari qu'elle aimait, mais Dieu lui avait concédé la joie de le garder à ses côtés après sa mort. Elle avait vu le village à l'apogée de sa grandeur, avait suivi les étapes de sa décadence et elle allait partir avant d'assister à sa destruction totale. Elle avait connu les hommes avec leurs défauts et leurs vertus et elle était persuadée que, malgré tout ce qui lui arrivait maintenant et malgré toutes les luttes qui, selon son mari, se déroulaient dans le monde invisible, la bonté humaine finirait par l'emporter.

Elle eut pitié du curé, du maire, de la demoiselle Prym, de l'étranger, de chacun des habitants de Bescos ; jamais le mal n'apporterait le bien, même si tous s'efforçaient de croire le contraire. Quand ils découvriraient la réalité, il serait trop tard.

Elle ne regrettait qu'une chose : n'avoir jamais vu la mer. Elle savait qu'elle existait, qu'elle était immense, à la fois calme et déchaînée, mais elle n'avait jamais pu aller se promener sur une plage, fouler pieds nus le sable, goûter un peu d'eau salée, plonger dans l'eau froide comme qui retourne au ventre de la Grande Mère (elle se rappela que les Celtes aimaient employer ce terme).

Hormis cela, elle n'avait guère à se plaindre. Certes, elle était triste, très triste de devoir partir ainsi, mais elle ne voulait pas jouer les victimes : Dieu l'avait certainement choisie pour ce rôle, bien préférable au choix qu'Il avait fait pour le curé.

Un engourdissement s'empara de ses mains et de ses pieds, alors que le curé insistait :

– Je veux vous parler du bien et du mal.

– C'est inutile. Vous ne connaissez pas le bien. Vous avez été empoisonné par le mal qu'on vous a fait et maintenant vous répandez cette peste sur notre terre. Vous n'êtes pas différent de cet étranger venu pour nous détruire.

Ses derniers mots se perdirent dans un balbutiement. L'étoile là-haut dans le ciel semblait lui faire signe. Berta ferma les yeux.

22

L'étranger alla à la salle de bains de sa chambre, lava soigneusement les lingots, puis les remit dans son vieux havresac élimé. Depuis deux jours il était resté dans la coulisse et maintenant il se préparait à revenir en scène pour le dénouement.

Il avait vraiment parfaitement mis au point et exécuté son plan : depuis le choix de la bourgade isolée, avec un petit nombre d'habitants, jusqu'au fait d'avoir choisi une complice afin que – si les choses tournaient mal – jamais personne ne puisse l'accuser d'être l'instigateur d'un crime. D'abord se concilier les habitants, ensuite semer la terreur et la confusion. Comme Dieu avait agi à son encontre, il agirait de même avec les autres. Comme Dieu lui avait octroyé le bien avant de le précipiter dans un abîme, il jouerait le même jeu.

Il avait tout fignolé, sauf une chose : il n'avait jamais cru que son plan réussirait. Il avait la certitude qu'à l'heure de la décision, un simple

« non » changerait le cours de l'histoire, une seule personne allait refuser de commettre le crime et il suffisait de cette personne pour montrer que tout n'était pas perdu. Qu'une personne sauve le village et le monde serait sauvé, l'espérance était encore possible, la bonté l'emportait, les terroristes ne savaient pas le mal qu'ils faisaient, le pardon finirait par s'imposer, les jours de souffrance feraient place à un souvenir mélancolique qui hanterait ses jours et il pourrait de nouveau partir en quête du bonheur. Pour ce « non » qu'il aurait aimé entendre, le village recevrait ses dix lingots d'or, indépendamment de l'accord que lui-même avait conclu avec Mlle Prym.

Mais son plan avait raté. Et maintenant il était trop tard, il ne pouvait plus changer d'idée.

On frappa à sa porte. C'était la patronne de l'hôtel.

– Vous êtes prêt ? C'est l'heure de partir.

– Je descends. Je vous rejoins au bar.

Il mit sa veste, prit son sac et quitta la chambre.

– J'ai l'or, dit-il. Mais pour éviter tout malentendu, j'espère que vous savez que quelques personnes sont informées que je séjourne dans votre hôtel. Si les habitants du village changeaient de victime, vous pouvez être sûre que la police viendrait me chercher ici : vous avez contrôlé mes coups de téléphone, n'est-ce pas ?

La patronne de l'hôtel se contenta de hocher la tête en signe d'assentiment.

23

Le monolithe celte se trouvait à une demi-heure de marche de Bescos. Durant des siècles, les hommes avaient cru que c'était seulement un rocher différent, imposant, poli par les pluies, autrefois dressé et un jour abattu par la foudre. Ahab avait l'habitude de s'en servir comme d'une table naturelle, en plein air, pour les réunions du conseil du village.

Jusqu'au jour où le gouvernement envoya un groupe de chercheurs faire un relevé des vestiges des Celtes dans la région. L'un d'eux découvrit le monument et fut bientôt suivi par des archéologues qui mesurèrent, calculèrent, discutèrent, fouillèrent, avant d'arriver à la conclusion qu'une communauté celte avait choisi ce site pour en faire une sorte de lieu sacré – mais sans déterminer quels rites elle y pratiquait. Les uns disaient que c'était une sorte d'observatoire astronomique, d'autres assuraient que c'était le théâtre de cérémonies dédiées à la fertilité

– vierges possédées par des prêtres. Après une semaine de controverses, les savants partirent poursuivre ailleurs leurs recherches, sans être arrivés à une explication satisfaisante.

Le maire avait mis l'action touristique à son programme électoral et, une fois élu, il avait réussi à faire passer dans un journal de la région un reportage sur l'héritage celte des habitants de Bescos, mais il n'avait pas les moyens d'aménager le site et quelques touristes aventureux n'avaient trouvé qu'une stèle renversée dans les broussailles, alors que d'autres villages voisins avaient des sculptures, des inscriptions bien mises en valeur, des vestiges beaucoup plus intéressants. Le projet touristique avait donc capoté et, très vite, le monolithe celte avait retrouvé sa fonction habituelle : servir, en fin de semaine, de table de pique-nique.

Cet après-midi-là, des discussions, voire des disputes violentes, éclatèrent dans plusieurs maisons de Bescos, toutes pour le même motif : les maris voulaient y aller seuls, les femmes exigeaient de prendre part au « rituel du sacrifice », ainsi que les habitants appelaient déjà le crime qu'ils allaient commettre. Les hommes disaient que c'était dangereux, un coup de feu pouvait partir par inadvertance ; les femmes demandaient aux hommes de respecter leurs droits, le monde avait changé. Les hommes finirent par céder.

C'est donc une procession de deux cent quatre-vingt-une personnes – en comptant l'étranger, mais pas Berta, couchée endormie sur une civière improvisée – qui venait de s'ébranler en direction de la forêt, une chaîne de deux cent quatre-vingt-un points lumineux, lanternes et lampes de poche. Chaque homme tenait son fusil à la main, culasse ouverte pour éviter tout accident.

Deux bûcherons portaient à grand-peine la civière. « Heureusement qu'il ne faudra pas la redescendre, se dit l'un d'eux. Avec les centaines de plombs qu'elle va prendre dans le corps, elle pèsera encore plus lourd. » Son estomac se souleva – non, il ne fallait penser à rien, seulement au lundi.

Personne ne parla durant le trajet. Personne n'échangea un regard, comme si tous étaient plongés dans un cauchemar qu'ils devraient oublier le plus vite possible. Enfin ils arrivèrent, hors d'haleine, épuisés par la tension plus que par la fatigue, et formèrent un demi-cercle dans la clairière où se trouvait le monument celte.

Le maire fit signe aux bûcherons de détacher Berta du hamac et de la coucher sur le monolithe.

– Non, cria le forgeron, se rappelant les films de guerre qu'il avait vus où les soldats rampaient pour échapper aux balles de l'ennemi.

C'est difficile de faire mouche sur une personne couchée.

Les bûcherons empoignèrent le corps de Berta et l'assirent sur le sol, le dos appuyé contre le rocher. Apparemment, c'était la position idéale, mais soudain on entendit la voix d'une femme, entrecoupée de sanglots :

– Elle nous regarde. Elle voit ce que nous faisons.

Bien sûr, Berta ne voyait rien, mais comment ne pas être ému devant cette vieille dame dont le visage disait la bonté, sur les lèvres un léger sourire qui allait être ravagé par un feu de salve nourri.

– Tournez-la, ordonna le maire, lui aussi mal à l'aise devant cette victime sans défense.

Les bûcherons obéirent en maugréant, retournèrent au rocher, tournèrent le corps en le mettant à genoux, le visage et la poitrine appuyés sur le monolithe. Comme il était impossible de le maintenir dans cette position, ils durent lui lier les poignets avec une corde qu'ils firent passer par-dessus le rocher et fixèrent de l'autre côté.

Pauvre Berta, cette fois dans une posture vraiment grotesque : agenouillée, de dos, les bras tendus sur le rocher, comme si elle priait et implorait quelque chose. Quelqu'un voulut protester, mais le maire lui coupa la parole en disant que le moment était venu d'en terminer.

Vite fait, mieux fait. Sans discours ni justifications : on pouvait les remettre au lendemain – au bar, dans les rues, aux champs. Chacun savait qu'il n'aurait plus le courage de passer devant le seuil où la vieille s'asseyait pour regarder les montagnes en parlant toute seule, mais le village avait deux autres voies, plus un petit sentier en escalier donnant directement sur la grand-route.

– Finissons-en, vite ! cria le maire, content de ne plus entendre le curé et donc de voir son autorité rétablie. Quelqu'un dans la vallée pourrait apercevoir cette clarté dans la forêt et vouloir vérifier ce qui se passe. Préparez vos fusils, tirez et partons aussitôt !

Sans solennités. Pour accomplir leur devoir, comme de bons soldats qui défendaient leur village. Sans états d'âme. C'était un ordre auquel tous allaient obéir.

Mais soudain le maire comprit le mutisme du curé et il eut la certitude qu'il était tombé dans un piège. Désormais, si un jour cette histoire transpirait, tous pourraient dire ce que disaient les assassins pendant les guerres : qu'ils exécutaient des ordres. Que se passait-il, en ce moment, dans le cœur de tous ces gens ? A leurs yeux, était-il une canaille ou un sauveur ?

Il ne pouvait pas mollir, à cet instant où éclatait le crépitement des culasses refermées. En un éclair, il imagina le fracas de la décharge simultanée de cent soixante-quatorze fusils et, aussitôt après, la retraite précipitée, tous feux éteints comme il en avait donné l'ordre pour le retour. Ils connaissaient le chemin par cœur et mieux valait ne pas risquer plus longtemps d'attirer l'attention.

Instinctivement, les femmes reculèrent tandis que les hommes mettaient en joue le corps inerte, à courte distance. Ils ne pouvaient pas rater la cible, dès l'enfance ils avaient été entraînés à tirer sur des animaux en mouvement et des oiseaux en plein vol.

Le maire se prépara à donner l'ordre de faire feu.

– Un moment ! cria une voix féminine.

C'était la demoiselle Prym.

– Et l'or ? Vous avez vu l'or ?

Les hommes baissèrent leurs fusils, tout en gardant un doigt sur la détente : non, personne n'avait vu l'or. Tous se tournèrent vers l'étranger.

Celui-ci, d'un pas lent, vint se placer au centre du demi-cercle. Arrivé là, il déposa son sac à dos sur le sol et en retira, un à un, les lingots d'or.

– Voilà, dit-il simplement, et il regagna sa place.

La demoiselle Prym s'approcha du tas de lingots, en saisit un et le montra à la foule.

– A mon avis, c'est bien l'or que l'étranger vous a promis. Mais je veux qu'on le vérifie. Je demande que dix femmes viennent ici et examinent tous ces lingots.

Le maire, voyant qu'elles devraient passer devant la ligne de tir, craignant une nouvelle fois un accident, voulut s'interposer, mais dix femmes, y compris la sienne, obéirent à l'injonction de la demoiselle Prym et chacune examina avec soin un lingot.

— Oui, c'est bien de l'or, dit la femme du maire. Je vois sur chacun une estampille du gouvernement, un numéro qui doit indiquer la série, la date de la fonte et le poids : il n'y a pas tromperie sur la récompense.

— Avant d'aller plus loin, écoutez ce que j'ai à vous dire.

— Mademoiselle Prym, l'heure n'est pas aux discours. Et vous, mesdames, posez ces lingots et rejoignez vos places. Les hommes doivent accomplir leur devoir.

— Taisez-vous, imbécile !

Le cri de Chantal provoqua une stupeur générale. Personne n'imaginait qu'un habitant de Bescos pût s'adresser au maire en ces termes.

— Vous êtes folle ?

— Taisez-vous ! répéta Chantal à tue-tête, tremblant de tout son corps, les yeux injectés de haine. C'est vous qui êtes fou, vous êtes tombé dans ce piège qui nous mène à la condamnation et à la mort ! Vous êtes un irresponsable !

Le maire voulut se jeter sur elle, mais deux hommes le maîtrisèrent.

– Ecoutons ce que cette demoiselle veut nous dire, lança une voix dans la foule. On n'en est pas à dix minutes près !

Cinq, dix minutes, en fait le temps comptait à ce moment où la situation semblait évoluer. Chacun sentait que la peur et la honte s'infiltraient, qu'un sentiment de culpabilité se répandait dans les esprits, chacun aurait voulu trouver une bonne excuse pour changer d'avis. Chaque homme était maintenant persuadé que son fusil tirerait une cartouche mortelle et craignait d'avance que le fantôme de cette vieille – qui avait une réputation de sorcière – ne vienne le hanter la nuit.

Et si quelqu'un parlait ? Et si le curé n'avait pas fait ce qu'il avait promis ? Et si toute la population de Bescos était mise en accusation ?

– Cinq minutes, trancha le maire, affectant un air autoritaire, alors qu'en fait c'était Chantal qui avait réussi à imposer les règles de son jeu.

– Je parlerai le temps que je voudrai, dit-elle.

Elle semblait avoir retrouvé son calme, décidée à ne pas céder un pouce de terrain, et elle s'exprima avec une assurance qu'on ne lui avait jamais connue :

– Mais rassurez-vous, je serai brève. Quand on voit ce qui se passe, il y a de quoi être très étonné, et tout d'abord parce que nous savons tous que, à l'époque d'Ahab, Bescos recevait régulièrement la visite d'hommes qui se vantaient d'avoir une poudre spéciale, capable de changer le plomb en or. Ils se donnaient le nom d'alchimistes et l'un d'eux en tout cas a prouvé qu'il disait la vérité, quand Ahab l'a menacé de mort.

« Aujourd'hui, vous avez décidé de faire la même chose : mélanger le plomb et le sang, persuadés que c'est de cet alliage que s'est formé l'or que vous avez devant vous. D'un côté, vous avez raison. De l'autre, soyez sûrs d'une chose : à peine l'or tombera-t-il dans les mains de chacun qu'il s'en échappera.

L'étranger ne comprenait pas où Chantal voulait en venir, mais il était impatient d'entendre la suite : tout à coup, dans un recoin obscur de son âme, la lumière oubliée brillait de nouveau.

– A l'école, nous avons tous appris cette légende célèbre du roi Midas, un homme qui a rencontré un dieu, et ce dieu lui a offert tout ce qu'il voulait. Midas était déjà très riche, mais il voulait accroître encore sa fortune et il a demandé au dieu de pouvoir changer en or tout ce qu'il toucherait. Son vœu a été exaucé.

« Laissez-moi me rappeler ce qui s'est passé : d'abord, Midas a changé en or ses meubles, puis son palais et tout ce qui l'entourait. Il a travaillé toute une matinée et il s'est retrouvé avec un jardin en or, des arbres en or, des escaliers en or. A midi, il a eu faim et il a voulu manger. Mais quand il a touché le succulent gigot d'agneau que ses cuisiniers lui avaient préparé, celui-ci s'est changé en or. Désespéré, il a couru voir sa femme pour lui demander de l'aider, car il venait de comprendre l'erreur qu'il avait commise. Il a juste effleuré le bras de sa femme et elle s'est changée en statue dorée. Affolés, tous les domestiques se sont enfuis, de crainte qu'il ne leur arrive la même chose. En moins d'une semaine, Midas est mort de faim et de soif, entouré d'or de toutes parts.

– Pourquoi nous raconter cette histoire ? demanda la femme du maire après avoir repris place au côté de son mari. Vous laissez supposer qu'un dieu serait venu à Bescos et nous aurait donné ce pouvoir ?

– Je vous ai raconté cette histoire pour une simple raison : l'or, en soi, ne vaut rien. Absolument rien. Nous ne pouvons ni le manger, ni le boire, ni l'utiliser pour acheter des animaux ou des terres. Ce qui a de la valeur, c'est l'argent qui a cours. Dites-moi : comment allons-nous changer cet or en espèces ?

« Nous pouvons faire deux choses : demander au forgeron de fondre ces lingots pour en faire deux cent quatre-vingts morceaux égaux, et chacun ira changer le sien à la banque de la ville. Soyez sûrs que les autorités seront immédiatement alertées, car il n'y a pas de gisement d'or dans cette vallée. Comment expliquer alors que chaque habitant de Bescos ait en sa possession un petit lingot ? Nous pourrons dire que nous avons trouvé un ancien trésor celte. Mais une expertise rapide révélera que l'or a été extrait et fondu récemment. Les autorités rappelleront que le sol de cette région a déjà été prospecté, que les Celtes, s'ils avaient eu de l'or en quantité, auraient construit une ville magnifique.

— Vous êtes une petite ignorante, dit le propriétaire terrien. Nous porterons à la banque les lingots en leur état, avec estampille et marque. Nous les échangerons contre des espèces que nous nous partagerons.

— C'est la seconde possibilité : le maire prend les dix lingots et les porte à la banque pour les échanger. Le caissier ne posera pas les questions qu'il poserait si nous nous présentions chacun avec son petit lingot. Comme le maire est une autorité, il ne lui demandera que les certificats d'achat. Faute de pouvoir les présenter, le maire montrera que les lingots sont dûment estampillés.

« A ce moment-là, l'homme qui nous a donné cet or sera déjà loin. Le caissier exigera un délai car, même s'il connaît le maire et lui fait confiance, il lui faudra demander une autorisation pour décaisser une aussi grande quantité de numéraire. Le directeur de la banque voudra connaître la provenance de cet or. Le maire, qui

233

est intelligent et a réponse à tout, n'est-ce pas, dira la vérité : c'est un étranger qui nous en a fait cadeau. Mais le directeur, même s'il se fie personnellement à cette assertion, a un pouvoir de décision limité et il devra, pour éviter tout risque inutile, en référer au siège central de la banque. Là, personne ne connaît le maire, la règle est de considérer comme suspect tout mouvement de fonds important : le siège à son tour exigera un délai, pas de transaction avant de connaître la provenance des lingots. Imaginez : et si l'on découvrait que cet or avait été volé ? ou bien était passé par les mains de trafiquants de drogue ?

Chantal fit une pause. La peur qu'elle avait éprouvée, la première fois qu'elle avait essayé de s'emparer de son lingot, était maintenant une peur que tous partageaient. L'histoire d'un homme est l'histoire de toute l'humanité.

– Cet or a une histoire, se l'approprier peut avoir des conséquences graves, conclut Mlle Prym.

Tous les regards convergèrent sur l'étranger qui, durant tout ce temps, était resté totalement impassible.

– Inutile de lui demander des explications. Ce serait se fier à sa parole et un homme qui demande que l'on commette un crime est indigne de toute confiance.

– On pourrait le retenir ici en attendant que le métal soit changé en argent, proposa le forgeron.

L'étranger, d'un simple signe de tête, en appela à la patronne de l'hôtel.

– Il est intouchable. Il doit avoir des amis très influents. Je l'ai entendu téléphoner plusieurs fois, il a réservé une place dans un avion. S'il disparaît, ces amis s'inquiéteront et, craignant le pire, ils exigeront une enquête qui touchera les habitants de Bescos.

– Vous pouvez décider d'exécuter cette vieille femme innocente, ajouta Chantal. Mais comme je sais que c'est un piège que vous a tendu cet étranger, moi je refuse de m'associer à ce crime.

– Vous n'êtes pas en mesure de comprendre ! lança le propriétaire terrien.

– Si, comme j'en suis sûre, je ne me trompe pas, le maire ne va pas tarder à se retrouver derrière les barreaux d'une prison et vous serez tous inculpés d'avoir volé cet or. Moi, je suis à l'abri des soupçons. Mais je vous promets de ne rien révéler : je dirai simplement que je ne sais pas ce qui s'est passé. Par ailleurs, le maire est un homme que nous connaissons bien – ce qui n'est pas le cas de cet étranger qui doit quitter Bescos demain. Il est possible qu'il assume seul la faute, il suffirait qu'il dise qu'il a dévalisé un homme de passage à Bescos. Nous serons unanimes à le considérer comme un héros, le crime ne sera jamais découvert, et chacun continuera de vivre sa vie, d'une façon ou d'une autre – mais sans l'or.

– Je m'y engage ! cria le maire, persuadé que personne n'allait souscrire aux divagations de cette folle.

A cet instant, on entendit un petit déclic : un homme venait d'ouvrir la culasse de son fusil.

– Comptez sur moi ! J'accepte le risque ! vociféra le maire.

D'autres déclics lui répondirent en chaîne, signe que les hommes avaient décidé de ne pas tirer : depuis quand pouvait-on avoir confiance dans les promesses des hommes politiques ? Seuls deux fusils restèrent armés : celui du maire sur Mlle Prym, celui du curé sur Berta. Le bûcheron qui, tout à l'heure, s'était apitoyé sur la vieille femme se précipita sur les deux hommes et leur arracha leurs armes.

La demoiselle Prym avait raison : croire les autres était très risqué. Soudain, il semblait que tous s'en étaient rendu compte, car la foule commençait à se disperser.

En silence, les vieux d'abord, puis les plus jeunes reprirent le chemin du village, chacun essayant de retrouver ses préoccupations habituelles : le temps qu'il fait, les moutons qu'il faut tondre, le champ à labourer, la saison de la chasse qui va commencer. Rien ne s'était passé, car Bescos était un village perdu dans le temps, où les jours se ressemblaient tous.

Chacun se disait que cette fin de semaine n'avait été qu'un rêve.

Ou un cauchemar.

24

Dans la clairière n'étaient restés que Berta, toujours endormie et amarrée au monolithe, Chantal et l'étranger.

– Voici l'or de votre village, dit celui-ci. Je dois me rendre à l'évidence : il ne m'appartient plus et je n'ai pas reçu la réponse que j'attendais.

– De mon village ? Non, il est à moi. Et également le lingot qui est enterré près du rocher en forme de Y. Et vous m'accompagnerez à la banque pour changer ces lingots contre de l'argent. Je n'ai aucune confiance dans vos belles paroles.

– Vous savez que je n'allais pas faire ce que vous aviez dit. Et quant au mépris que vous me témoignez, en fait c'est le mépris que vous avez envers vous-même. Vous devriez m'être reconnaissante de tout ce qui s'est passé, puisque, en vous montrant l'or, je vous ai donné plus que la possibilité de devenir riche. Je vous ai obligée à agir, à cesser de vous plaindre de tout et à assumer une responsabilité.

– C'était très généreux de votre part, répliqua Chantal sur un ton ironique. Dès le premier moment, j'aurais pu m'exprimer sur la nature humaine. Même si Bescos est aujourd'hui un village décadent, il a connu un passé de gloire et de sagesse. J'aurais pu vous donner la réponse que vous cherchiez, si je m'en étais souvenue.

Chantal alla délivrer Berta de ses liens et remarqua qu'elle avait le front écorché, sans doute à cause de la position incommode de sa tête sur la pierre, mais ce n'était pas grave. Le problème, à présent, c'était de devoir rester là jusqu'au matin, à attendre que Berta se réveille.

– Pouvez-vous me donner maintenant cette réponse ? demanda l'homme.

– Quelqu'un a dû vous raconter la rencontre de saint Savin et d'Ahab ?

– Bien sûr. Le saint est arrivé, il s'est entretenu un moment avec l'Arabe et celui-ci a fini par se convertir quand il a compris que le courage du saint était supérieur au sien.

– Exact. Mais il faut préciser que, dès l'arrivée du saint et pendant toute leur conversation, Ahab n'a pas cessé d'aiguiser son poignard, ce qui n'a pas empêché Savin de s'endormir tranquillement. Certain que le monde était un reflet de lui-même, Ahab a décidé de défier son hôte et il lui a demandé :

– Si tout à coup entrait ici la plus belle courtisane de la ville, est-ce que vous réussiriez à penser qu'elle n'est pas belle et séduisante ?

– Non. Mais je réussirais à me contrôler, répondit le saint.

– Et si je vous offrais une grande quantité de pièces d'or pour vous décider à quitter la montagne et à vous joindre à nous, est-ce que vous réussiriez à regarder ces pièces comme si c'étaient des cailloux ?

– Non, mais je réussirais à me contrôler.

– Et si deux frères venaient vous voir, l'un qui vous détesterait, l'autre qui verrait en vous un saint, est-ce que vous réussiriez à les traiter sur le même pied ?

– Même si je devais en souffrir, je réussirais à me contrôler et je les traiterais de la même façon.

Chantal fit une pause.

– On dit que ce dialogue a été très important : il a déterminé Ahab à accepter de se convertir.

L'étranger n'avait pas besoin que Chantal lui explique l'histoire : Savin et Ahab avaient les mêmes instincts – le Bien et le Mal luttaient pour les conquérir, de même qu'ils luttaient pour conquérir toutes les âmes sur terre. Quand Ahab comprit que Savin était son égal, il comprit également qu'il était l'égal de Savin.

Tout était une question de contrôle. Et de choix.

Rien d'autre.

25

Chantal contempla pour la dernière fois la vallée, les montagnes, les bosquets où elle avait l'habitude de se promener quand elle était petite, et elle sentit dans sa bouche le goût de l'eau cristalline, des légumes frais récoltés, du vin maison, fait avec le meilleur raisin de la région, jalousement gardé par ses habitants – ce n'était pas un produit destiné aux touristes ou à l'exportation.

Elle n'était revenue au village que pour dire adieu à Berta. Elle portait les mêmes vêtements que d'habitude afin d'éviter que quelqu'un ne découvre que, le temps de son court voyage à la ville, elle était devenue une femme riche : l'étranger s'était occupé de tout, avait signé les papiers requis pour le transfert du métal, sa conversion en fonds placés sur le compte bancaire de Mlle Prym ouvert à cet effet. Le caissier, déférent et discret comme l'exigeait le règlement de la banque, n'avait pu s'empêcher de lui adresser à la dérobée des regards équivoques mais qui l'avaient ravie : « Cette jeune personne est la maîtresse d'un homme mûr, elle doit être bien complaisante au lit pour lui avoir soutiré autant d'argent. »

Elle croisa quelques habitants. Personne ne savait qu'elle allait partir et ils la saluèrent comme si rien ne s'était passé, comme si Bescos n'avait jamais reçu la visite du démon. Elle répondit elle aussi à chaque bonjour comme si ce jour était pareil à tous les autres jours de sa vie.

Elle ne savait pas à quel point elle avait changé en raison de tout ce qu'elle avait découvert sur elle-même, mais elle avait du temps devant elle pour apprendre.

Berta était assise devant sa maison. Elle n'avait plus à guetter la venue du Mal et ne savait à quoi s'occuper désormais.

– Ils vont faire une fontaine en mon honneur. C'est le prix de mon silence. Je suis contente, même si je sais qu'elle ne va pas durer très longtemps ni apaiser la soif de beaucoup de monde, puisque Bescos est condamné de toute façon : pas parce qu'un démon est passé par ici, mais à cause de l'époque où nous vivons.

Chantal demanda comment serait la fontaine : Berta avait demandé qu'on l'orne d'un soleil, avec un crapaud au milieu qui cracherait l'eau – le soleil, c'était elle, et le crapaud, c'était le curé.

– Je veux étancher votre soif de lumière et ainsi je resterai parmi vous tant que la fontaine sera là.

Le maire s'était plaint du coût des travaux, mais Berta n'avait pas voulu transiger et maintenant il fallait qu'il s'exécute : le chantier devait débuter la semaine suivante.

– Et toi, ma fille, finalement tu vas faire ce que je t'ai suggéré. Je peux te dire une chose sans craindre de me tromper : la vie peut être courte ou longue, tout dépend de la façon dont nous la vivons.

Chantal sourit, embrassa tendrement sa vieille amie et tourna le dos à Bescos sans esprit de retour. Berta avait raison : il n'y avait pas de temps à perdre, même si elle espérait que sa vie serait longue.

22 janvier 2000, 23 h 58

Cet ouvrage a été imprimé par la
SOCIÉTÉ NOUVELLE FIRMIN-DIDOT
Mesnil-sur-l'Estrée
pour le compte des Éditions Anne Carrière
104, bd Saint-Germain 75006 Paris
en février 2001

 Composition - Mise en pages
DV Arts Graphiques à Chartres

Imprimé en France
N° d'édition : 196 – N° d'impression : 54730
Dépôt légal : mars 2001